詩と追想

碧いガラスの靴と武甲山

小池玲子・中川曠人

Koike Reiko & Nakagawa Hiroto

影書房

まえがき

三途の川の川べりに娘が立っていた、『赤い木馬』という詩集を手に。娘は今も17歳。渡し舟が着いてよぼよぼの老人が岸に上がり、娘の方へ歩いて行った。胸に『碧いガラスの靴』という真新しい詩集を抱いている。それが互いの目印らしい。向かい合って、娘はしげしげと老人の顔を見つめていたが、「先生！　お久しぶり。あんまりお変わりになって本当に先生かしら？　と思ったわ」と言って表情を和らげた。「そうだろうね、あれから五十年になる。あの時は亡くなったのが君と聞いても顔も浮かばなかった。」「そんな生徒から遺書なんか貰って驚いたでしょうね。」「まさに青天の霹靂だった。あれから僕の生き方が変わった。ただの言葉であるはずの詩が、時が経つにつれて〈君そのもの〉として僕の中で確かな存在になった。その存在は折々に語りかけるが僕にはまだ理解し切れていない。今、君に会って何と言ったらいいのか？」「先生、お気になさることないわ。もう十分に理解してくださいました。」「そうかな。本当に理解できたか怪しいもんだが、人生の最後の最後にこれが作れてよかったよ。はい念願の『碧いガラスの靴』」「嬉しいわ。ありがとう。詩集作ってほしくてあれをお渡ししたわけではないけれど。」「喜んでくれて僕も嬉しい。でも、S先生が編んでくださったあの『赤い木馬』だって立派な詩集だったんだがなー。」「あれはだめ。だって〈碧いガラスの靴〉が空に見えたから私の詩界は浄化され魂が救われたの。」「そうだったね。それが分かるのに僕は50年かかった。君が生きることを拒んだ50年を生きてみて今なんとなく分かった。」

以上は、私がもし冥界で玲子に会えて、こんな会話ができたらという幻想である。彼女が教室の窓から見たという〈碧いガラスの靴〉が何なのか本当のところは私にも分からない。それはこの詩集を読む人の感性に委ねられている。よき読者の得られることを小池玲子の為に祈っている。

2015年２月　　　　　　　　　　　　　　　　中川曠人

目　次

装丁―――――――吉野和美

詩集

碧いガラスの靴

小池　玲子

少　　年

私は少年になりたい
風のようにすばしこく
太陽のように快活で
自然の中を走り回る
そんな少年

髪はブラウン
笑えばその眼は
神秘の色を明るく放つ
かろやかに開いた口からは
高らかな笑い声が
空に　森に　響き渡る
少年の白い体に
躍動する血が満ちている

少年は走る
春の畑を

少年は飛ぶ
夏の空を

ああ　少年は
いつも光の中にいる
私の心の中を走り回り
今日も私を魅惑する

人間ではないもの

私は孤独な物質　石
人間に　なろうなろうともがけばそれだけ
私の身体は固くなり　物質化していった
笑いが消え
行動がなくなり
薄暗い　四角い片隅にうずくもった
悲しもうにも涙が無い
叫びたくとも声が出ない
私は　目開きにして盲目
腐敗した石

夜の青い空

夜の青い空に
頼りきった眼を向ける
何も無い
濡れた空間のその遠く
古びた月の光が
笑っている
何も無くていい
今は私と
あの空があればいい

樹

樹
荘厳な樹
オマエは私を虜にした
その無限に伸びる腕で
私は動けない
一歩オマエに近づくことも
一歩後退することも出来ない

今日の空はあまりにも高すぎる
オマエは無言でそれに挑む
オマエの道は高く長い
目が眩みはしないのか
おじけづきはしないのか
オマエが大地から飲込んで
幹を通して空に打出しているものは何
私の胸に　痛く恐ろしい響きを残して　次々と空の彼方に向うものは何

オマエの血は黙って流れる

その流れは激しいが

冷たかった

結局私は　オマエより離れるしかないのだ

私は地球の傍観者

私は地球の傍観者
細い銀色の線に乗って街を通り過ぎる

食物を食べる
衣服を着せてもらう
此処にいる……
私は地球の傍観者

山を眺める
水を飲む
私は地球の傍観者？

詩　　界

一体　お前はなあに？
甘い母さんの乳かしら
優しい恋人の愛撫かしら
それとも
理解ある友人の頷きかしら

いいや　いいや
もっと素敵に私を酔わせる
私はお前を　詩界　と呼ぼう

私が目を開くと
お前は遠くにいて私を見守っている
私が目を閉じると
すぐそばで仄かな息吹を漂わす
愛の鳥がお前の胸に巣を作ろうと飛んで来ますよ
お前の匂いで　草木は緑の雫を落とします
忘れられた花々が甦ります

その中で　淋しい生き物に揺り椅子が与えられます

空言ではない

確かにお前は在るのてす

雪

ちらほらと
ぼたん雪が降って来たらどうしよう
外に出て　そっと触ってみたい
つうっと頬を滑らせようか

ふんわり雪が積もったらどうしよう
私は手に取って　顔を埋める
柔らかい　白い光が肌をつつむ
その時かしらね
私の心の融けるのは

白　い　道

白い道が続く
形の無い世界を
色の無い世界を
光の無い世界を

一個の生物が歩む
走らず
止らず
歩む
この白い道の上

はるか遠く
道が尽きるかも知れない処
城が見える
生物は其処へ行きたかった

心をはずませ

何里も歩いた
それでも城は同じ処
遠い彼方

生物は誰にともなく話しかける
　　私ハココデ　諦メヨウカ
　　モシヤアレハ　蜃気楼デハナカロウカ
生物は歩く
消えないようにと見守りながら

不安と
淋しさと……
走らず
止らず……
歩む
この白い道の上

生物は疲れた
幾度か止まりかけた
そして
止まった
城はいくらか近くなっていた

生物の前を
同じ生物が
笑って手まねきしている
それで生物は　なおも歩いた

生物は倒れた
そして　誰にともなくつぶやいた
　　私ハココデ　死ヌカモ知レナイ
同じ生物が　手まねきをする
城はもう近く

生物は見た

眼の前の城を

最後の力をふりしぼって

生物は駆けた

城に入口は無かった

城の中には

あの　同じ生物が

笑っていた

城は消えた

生物も

はかない泡のように

パチンとはねて

消えた

私は見た

何も無いと思っていた……
何も無いと思っていた眼の前に
私は見てしまった

空間の中を旅する
鉄の歯車を……
重く
ぎしぎしときしみながら
通り過ぎて行った
鉄の歯車を……

こうしちゃあいられない
こうしちゃあいられない　と　私は思う

空《カラ》

私は　この手で
自分の身体から心棒を抜いた
抜いて放った
高く……
棒は空を駆けて行った

私は
棒の消えた彼方を見守る
悲しくもないのに涙が出て
おかしくもないのに笑う
心棒の欠けた
私……・

虫

誰にも邪魔されない私の世界で
私の感覚は進む
行き着く処を知らない
その為に私は悩む
誰か止めてくれればいい
きりきりと痛む私の頭に
のみを打ち込み
真二つに割ってしまったら
さぞいい気持だろう
脳はあんぐり口を開け
ぎょろっとした目で私を見る
かくして感覚は止まるのだ

明　　度

ああ　眩しい
あたるこの　花やかな風よ
腹這いになって進もうか
食い付きたいようなこの土よ
生える緑の優しさよ
一体此処は何処なのだ？
恋の味でいっぱいだ
私は何をしたらいいのだ？
自然に食われてしまえ！

赤い木馬

深い川底に眠っている
堅く　冷たい　氷ガラスにはめられて
赤い木馬は眠っている

深い　深い　水の底
誰も触われる者はない
淋しいか？
痛いだろう？
上を　上を　水が行く
赤い木馬は眠っている

赤い木馬は待っていた
この地に楽園の来る時を
重い扉の開く時を
永遠の　その時の来るまで
赤い木馬は眠っていよう
堅く　冷たい　氷ガラスにはめられて

不具者の真面目な戯れ

空に深い魔法がかかると
私の精神は小刻みに震える
地球のあらゆる魂が
湿った地下から這出して来る
あちらこちらの隙間から
いつの間にか未知の眼が　忍び寄る
忍び寄る
おお　おお
鬱陶しい日の蒸気のような
自然のホルモンの悩ましさよ

樹木に神秘がみずみずと宿り
私の身体はそれを浴びたいと欲す
露を浮ばせ　草々の蒼々と輝く中
飛交う螢を飲みたいと
私の咽喉がぜいぜいと鳴く

不思議色の空の下《モト》で
精神と肉体との葛藤は続く

もう好い加減で止さないか
莫迦げた苦悶の競合いは
無意味な悲しみのままごとは
お互の心を傷付け合うだけではないか
さあ　見てごらん
そら　其処だ
お前等の前に
ちゃんと道は在るではないか
え？
それでも泣こうと云うのかい
だから泣こうと云うのかい
馬鹿な　哀れな　不幸な奴等よ

ある情景

黄色い褪せた空気を透かして
萎びた哀れな蚤が一匹
〈彼処〉を見ようと努めている
いやに控目に
媚びるような
藻抜の空の
ああ　悲しくも笑っている！
それでも見たまえ
二つの穴は底が知れない
恐ろしく執拗な無が求める
炎のように狂おしく

蚤は　水溜りに来て覗く
水を透して
やはり〈彼処〉を見ようと努める
ゆらゆらと其の影は　はっきりしない
蚤は悶えて

無感情の黒い涙を一雫
落とす
パッと一面　ものすごくどんよりと
溜息の煙が広がる

蚤は再び　空気に凭れる
再び　霞む影に命を賭ける
見よ
萎びた皮膚が　ひなひなと震えている
喉から血が出る
そうよ
哀れな蚤よ
いつまでも
いつまでも
そうしているがよい

風の内部《ナカ》の男

風が吹いて来たら
そっと手で掻分けて
内部《ナカ》を覗いて見るがいい
淋し色をした　薄い眼の男が腰掛けているだろう
白い皮膚を震わせて　笑っているだろう
男の身体はがらんどう
だから赤い口がない
かつて男は　綺麗な　綺麗な内臓を持っていた
だのに男は　まず胃から
腸から　肺から　心臓《ココロ》まで
消してしまった
すると空気よりも軽くなり
吹いて来た風にひょいと飛び乗った
その時から男は
白い皮膚を震わせて　笑うようになったのです

怪　物

私は、身を横たえる度に見なければいけないのです
しらじらしい夜気は冷淡で、少しもそれを遮ってはくれないのです
それは貪欲な顔をして、避けられぬ淀んだ目を向けます
酒浸りの息を吐く、黒の混沌です
ごろごろと濁った声で〝早く来いよ〟と私をからかいます
私は、軽く受け流そうと、努めるのですが
どうにもしようのない程身が重くなり
見る間に表情が崩れてしまうのです
もう　終わりです
全てが　もう終わりになるのです

題いらず

頭が考えることを止め
目が見ることを止め
口が話すことを止め
そして心臓が動くのを止めた時
私の体細胞はぼろぼろに解《ホド》けて、分子のように自由になる
陽の光にあやされ、酔わされ、ふらふらになり
腐敗し、枯渇し
ついには生き物であることを止める
今や
暗闇に留まるも真空に漂うも同じこと
存在が有って存在場所の無い
自由の極限を越えた今
もはや、求めるものをも知らない
何とも名の付けようのない
これがかつての、人間の構成物なのです

泣　　き

何とはなしに
〝泣きなさい　泣きなさい〟
と言ってみました
泣くはずはない　と思っていました
それなのに
それなのに泣くのです
いやな気がしました
馬鹿だと思いました
ええ　馬鹿を承知で泣くのです
自分の為に泣くのでなく
何で泣くのか分りません
今は笑っていいはずなのに
それなのに
それなのに泣くのです

バスの中で

街の中をてくてくと　バスが行く
私はその中で、快い振動に身を任せる
もっと揺れて
私の疲れた魂をさすっておくれ
窓の中から外を眺めると
どこもかしこも愛らしい
路行く人が懐かしい
此処から見ると、何と全てのうっとりしていることよ
ただで通り過ぎてはならない
一つ一つに手を触れて
〝あなた〟と声して行かなくては
抱擁したい
離れたくない
バスよ、いつまでも止まらずにいておくれよ

春

空中に、名もない微生物がうようよしている
それにつられて外へ出ると
ああ、もう春の細い腕に摑まってしまった
その、のっぺりした手で、やんわりと、執拗に、私の首を締付ける
麻酔を掛けられた私の身体は
苦しく喘ぎながら、春の土の上を振り回される
白く渇いた土は、私の目の玉に霞を振り掛ける
視力は衰え、膨張して見える
一足踏めば、土はそれを捕らえて離さない
そして又一つ、憂の塊をくれると云う
私は熱気に浮かされ、土臭い中を歩き回る
この地に全てを投げ捨て、倒れてしまいたい
一体、明るいのか暗いのか
異様極まりない春の正体よ

私の地下で

恋人よ、自分で掘るにはあまりに苦痛
私のためにこさえて下さい
地下深く、私の入る暗い穴
ひいやりと、なめらかな風の居る
ごきげんとりのうじ虫もいる
私は、湿った土に腰を下ろし
盲目の眼で上を見上げます
丸い穴から、のんきな空が覗いています
恋人よ、土を掛けて下さい
私は、泣きも笑いもしないで
おとなしく埋れましょう
もっと……もっと沢山
見えなくなるまで掛けていいです
それから私は、ほっと軽い吐息を付きます
さて、それから長く、どうしましょうか
初めての、永遠の、私の休息

白い寝台

空《カラ》の寝台に、ひ弱な光がまといつきます
あの、清潔で暖い感触を、私に下さい
その中で、私は病人のように横たわりましょう
そうしたら、私の身体を深く、深く埋めて下さい
今にも崩れそうな私の頭を、やわらかく揉んで下さい
白いシーツは、同じ痛みで私の心をあやしてくれます
私はそれにあまえて、甘い悲しみを満喫しましょう
白いやわらかな肉、私を溶かして下さい

断　　片

私は青いネグリジェが欲しかった
その肌の持つ、柔らかい優しい感覚に、思う存分あまえたかった
私は青いネグリジェを着て、しずかに眠りたかった

私は骨なしの赤ん坊
笑い顔を知らない
生れた時からの廃人
青い、ぶよぶよした肌を
のっぺらぼうの月が照らす

私は冬の蠅が可愛くてたまらない

私は光の遊ぶ舗装道路に、ぺったりと腰を落ち着けて
阿呆の歌を歌いたかった

童　　話

小池　玲子

童　話

マダ　太陽ハ眠ッテイルト云ウノニ　モウ森ヲ歩イテイル子ドモガイマスヨ

ホラ　イッパイニ立込メタ霧ノ中ニ　チラッ　チラッ　ト　黒ク動クモノガ見エルデショウ

アノ子ハグリラト言ッテネ　毎朝コンナニ早クニコノ森ニ現ワレルンデスヨ

ソシテ　必ズ　太陽ガ昇ル前ニ　帰ッテシマウンデス

不思議ナ子デショウ

ホラ　ホラ　ダンダンコッチヘ近ヅイテ来マスヨ

ソウ　小サナ声デ　トギレトギレニ歌ヲ歌イナガラヤッテ来タノハ　確カニグリラデシタ

グリラガ口《クチ》ヲ開《ヒラ》クト　イクツカノ銀ノ泡ガ出テ　ポット青イ光ヲ灯《トモ》シマス

グリラノソノ　潤《ウル》ンダ目ガマバタキヲスルト　微《カス》カニ　微《カス》カニ　オルゴールノ音《ネ》ガ響キマス

森ノ住民達ハ　コレ等ノ合図デ目ヲ覚マスノデス

オヤ　皆サンハ御不満デスカ

ソウ　ダッテ森ガ目ヲ覚マスノハ　太陽ガ金ノ砂ヲ撒《マ》クカラッテ言イタインデショウ

マアマア　ソウムクレナイデ　アトヲオ聞キナサイ

グリラニハ　タッターツ　森ノ皆《ミ》ンナニ悲シガラレルコトガアリマシタ

ソレハ　グリラノ透徹《スキトオ》ルヨウニ白イ身体ガ　痛クテサワレナイ程冷タイトイウコトナンデス

グリラハ　歩キナガラ　森ノ樹々達ニソット手ヲ触レマス

又　青イ草ヲモ踏ンデ行キマス

触レル手ハ　カ弱ナ蝶ノ吐ク息ヨリモ柔ラカク　踏ム足ハ　雪ノ一ツ乗ルヨリモ軽イノニ

アマリノ冷タサニ　樹ハソノ度ニ葉ヲ一枚落トシ　草ハダンダン枯レテ行キマス

ソレデモ　可愛イグリラノ来ルノヲ　何デ喜バズニイラレマショウ

森ノ樹モ草モ　グリラノ為ナラ　喜ンデ身体ノ痛ミモ忘レマショウ

ソレデ　グリラガ触レルト　森ノ誰モガ　ニッコリ微笑《ホホエ》ンデシマウノデス

森ノ一番奥ニハ　深ク　澄ンダ泉ガ有リマス

ココガ　全《スベ》テノ生命《イノチ》アルモノノ母トナッテイルノデス

コノ清ラカナ水ガ　森ノ隅々マデ浸ミ渡ッテ　皆ニ生キル力ヲ与エテイルノデス

グリラハ　イツモココデ咽《ノド》ヲ潤《ウルオ》スコトニシテイマシタ

可憐ナソノ手デ　ホンノ少シ水ヲ抄《スク》ッテ　コノ小サナ身体ヲ元気付ケルノデス

トコロガ泉ハ可愛ソウニ　アマリノ冷タサニ一瞬　一ツノ水玉ヲ凍ラセルコトニナッテシマウノデス

ソレデモ泉ハ　可愛イグリラニ　笑ミカケズニハイラレマセン

ソウシテ日ニ日ニ　森ハ凍ッテ行キマシタ

樹々ハスッカリ葉ヲ落トシ　草ハ黒々ト項垂《ウナダ》レ　泉ハ氷ノヨウニ

固クナッテシマイマシタ
ソレデモ相変ワラズグリラハヤッテ来マスシ　森ハグリラニ　微笑ミヲ忘レマセン

ソウシタアル日　グリラハイツモノヨウニ　森ノ泉ノ処マデヤッテ来マシタ
トコロガ　何トシタコトデショウ
此処ハ一番ノ森ノ奥ト思ッテイタノニ　マダ森ハ続イテイルノデス　道ガアッタノデス
グリラハ何度カ目ヲコスリマシタ　後ヲ向イテモミマシタ
ケレドモヤッパリ　道ハ其処ニ有ルノデス
グリラハチョット戸惑イマシタ　入ロウカシラ　アノ道ヘ……
確カニ不安デハアリマシタガ　アノ中ニハ　何カトテモ楽シイモノガ待ッテイルヨウナ気モシマシタ
グリラハ行クコトニシマシタ
小サナ胸ハ高鳴リ　澄ンダ瞳《メ》ハ　好奇ノ色ニ輝イテイマシタ
新シイコノ森ハ　見タトコロ　今マデノ枯レタソレト変ワリハア

リマセンデシタ

ガ　此処ニハ　ドンナ小サナ処ニモ　バラノ香リガ漂ッテイマシタ

コノ甘イ匂《ニオイ》ハ　何処カラ来ルノカシラ……

フト　グリラハ　自分ト同ジ　動クモノノ気配ヲ感ジマシタ

アア　イルイル　アノ樹ノ陰ニ　隠レテイル

何ダロウ……　何ダロウ……

グリラノ心ハ　小刻ミニ震エ　今ニモ逃ゲ出ソウカトサエ思イマシタ

モウコレ以上　到底進メタモノデハアリマセン

グリラハ暫クソノママデ　目ダケヲ光ラセテヲリマシタ

ホンノ僅カノ時間ナノニ　トテモ長ク感ジラレマシタ

ソノ時　グリラハ視《ミ》テシマッタノデス

幹ノ陰カラ首ヲ出シタ　自分ト同ジ　小サナ子ドモヲ……

イイエ　自分トハ違ウ……　グリラニハ一目《ヒトメ》デソレガ分リマシタ

一瞬　グリラハ目ヲ伏セマシタ

何故？　何故ッテ……　ソレハグリラニモ分リマセン

グリラノ透徹ルヨウナ白イ肌ニ　仄《ホノ》カニ　仄カニ　バラノ莟《ツボミ》ガ息付キマシタ

淡イ　淡イ　バラノ匂モ　此処カラ……？　ソレトモアノ子カラ……？

アア　アノ子ハ笑ッタ！　樹ノ陰カラ飛ビ出シタ！

自分ヨリモ可愛イカモ知レナイ　自分ヨリモ透徹ルカモ知レナイ

ア　アノ子ハ走ッタ！

グリラモイツノ間ニカ走ッテイマシタ

自分ト同ジ　イヤ違ウ子ドモヲ追イカケテ　走ッテイマシタ

風ヨリモ軽ク　速ク

ソレデモ　アノ子ニハ　追イ着クコトガ出来マセン

グリラハモドカシイ　ソレデモ嬉シサヲ隠シキレナイ気持デ　走リマシタ

何トシテモ追イ着コウト　走り続ケマシタ

ト　アノ子ハ眼ノ前ニイルデハアリマセンカ

湖ノ岸ニ腰ヲオロシ　二本ノ足ヲ水ニ浸シテ　グリラヲ見テ笑ッテイマス

グリラハ　恐《コワ》イヨウナ　嬉シイヨウナ　複雑ナ気持デ　アノ子ニ近ヅイテ行キマシタ

モットヨク　顔ヲ見セテト　アノ子ノ頭ニ手ヲ触レヨウトシマシタ

アア！　イケナイ　グリラ！

触レルヤイナヤ　一筋ノ　鋭イ光ガグリラノ身体ヲハッシト打チマシタ

太陽ダ！　太陽ノ光ダ！

グリラハ時間ノタツノヲ忘レテイタ

グリラハ……　グリラハ……

グリラノ姿ハ粉微塵《コナミジン》　コレッポッチノカケラモ残ッチャアイマセン

コノ　金ノ砂ニナッテシマッタノデショウカ

ソレトモ　温イ熱ニ溶ケテシマッタノデショウカ

冷タカッタグリラ……

寒《サム》カッタグリラ……

太陽ハ　温イ熱デ泉ノ水ヲ溶カシ　森ヲ蘇甦《ヨミガエ》ラセマシタ

眩《マブ》シイ　金ノ砂ヲ振撒《フリマ》キマシタ

サア　森ヨ

グリラノコトハ忘レマショウ

グリラノコトハ忘レマショウ

『碧いガラスの靴』と武甲山

中川　曠人

序章　武甲山

ミレニアムといって騒がれた20世紀最後の年の２月、所用で秩父市に行ったおり、駅に近い加藤近代美術館にアンドリュー・ワイエスのコレクションがあると聞いて見に行った。大正５年（1916年）に建てられたという全盛期の銘仙問屋の建物を改装した私設の美術館で、中には昔の民家のたたずまいを残す和風の喫茶室もあり、なかなかいい空間だった。しかし、残念なことにワイエスの絵は貸し出し中ということで見られなかった。館長の加藤卓二氏のコレクションには牛島憲之や藤田嗣治などの作品があり見応えはあったが、肝心のワイエスがないのでは来た甲斐がなかった。

ワイエスは1917年７月12日、アメリカのペンシルヴェニア州の農村チャズフォードに生まれた。私より４歳年上だがまだ現役で活躍する私の最も気になる同時代人の一人である。彼の生まれた日は、父親の画家N・C・ワイエスが崇敬する哲人ソローがちょうど100年前に生まれた日だったので、アンドリューにかける思いには特別なものがあったらしい。その父の思いはアンドリューにも伝わっていて、彼は充分にその期待に応える少年だった。

ワイエスは83歳の今も其処に住み続け、カナダに近いメーン州の夏の家に行くほかはどこにも行かない。描く世界はその周辺の自然と其処に生きる人々に限られる。日本の画学生たちが動員され戦場に送られた第２次大戦中も、ワイエスは其処で絵を描き続けることができた。北方的なワイルドな自然と其処に生きる人々を描くという画風は若い頃から確立しており、それは今も変わらない。その絵は半世紀を経ても決して古くならず、新鮮で永遠の命を保っている。こういう志を持続するワイエスは凄いが、その持続を可能にさせているアメリカもまた懐の深い大国である。

見ることの出来なかったここのワイエスはどんな絵だったのか知りたかったが、キュレーターのような人も見当たらず、喫茶室の人に尋ねても要領を得なかった。

美術館を出て西武秩父駅へ戻るとき、道の向こうに武甲山が見えた。武甲山は秩父市のほぼ真南にあるので、２月の午後の日差しでは逆光になって、山肌ははっきりと見えないが、山頂から下、４分の１ほどが階段状に抉られていて、巨大な階段墓地を見るようだった。石灰岩の採掘で山の相貌がすっかり変わって、かつては谷文晁が『日本名山図絵』に描いているほど美しい山だったというのに、今は見る影もない。ここ数十年の間の、狭い日本のすさまじい変貌をまざまざと見る思いだった。

レッドアローに乗ってからも武甲山はしばらくの間、右手の車窓に見え続ける。それを見ながら35年前のちょうど今頃の季節に、17歳で自ら命を断った小池玲子という生徒のことを思い浮かべていた。彼女が亡くなってからのことだが、父親の松平さんが「武甲山は美しい山です。日に何度も色を変えます。」と言っていたことも思い出した。石灰岩の山肌は、あのセント・ビクトワール山のように、日ざしによってさまざまに色を変えるのだろう。

小池玲子はこの山を見ながら育った。彼女が生まれたのは戦後間もない昭和22年で、幼い頃の武甲山は、既に石灰岩の採掘は始まっていても、まだまだ美しい山だったろう。《武甲》の名の由来である甲冑姿の武将の形をした岩肌もくっきり見えていただろう。玲子はここで中学３年の夏までを過ごす。

一家が東京に出てきたのは父親の経営していた絹織物の会社が、人絹などの新しい繊維産業に圧されて倒産したからだった。移ってきたのは武蔵野の一角に新しく作られた文化の街《国立《くにたち》》で、当初玲子はこの街が気に入っていたらしい。

「……叔母さんも東京に出てきませんか。東京には自然の美しさはありませんが、広い知識がごろごろしています。私はちょうどよい年にこの地を踏めて本当にしあわせです。…」こんな手紙を秩父の荒川村に残っている母方の叔母端多恵子宛に送っている。

その東京が、玲子の生まれた頃は、まだ戦後の焼け野原だったことを玲子は知らない。その焼け野原の上にコンクリートジャングルなどと呼ばれる巨大な大都市が復興する代償として美しい武甲山が廃墟の姿に変えられてしまったことにも、15歳の玲子は気づいていない。

初めて経験する大都会の生活で、団塊の世代の激しい競争を勝ち抜いて難関の都立国立高校に入学できた喜びで玲子はうきうきしていた。

前記の手紙の続きに次のように書いている。

「私の通う国立高校の環境は素晴らしいものです。広々とした田園と、落ち着いた文教都市の中にあるのですから。私は本当に幸せ者です。高校に行ったらもっともっと頑張ります。頑張った後には必ず喜びが待っています。今まで３年間、苦労してよかったと思います。こんなに嬉しかったことは今までにありませんでした。これだから春は楽しいのです。……」

「頑張った後には必ず喜びが待っている」そう信じる玲子が、それから僅か２年後の昭和40年の２月19日、１冊の手書きの詩集と遺書を私に残して鉄道自殺を遂げた。その間に、いったい何があったというのだろう。

彼女の残した詩集『碧いガラスの靴』の中に『私は見た』と言う詩がある。

何も無いと思っていた……
何も無いと思っていた眼の前に
私は見てしまった

空間の中を旅する
鉄の歯車を……
重く
ぎしぎしときしみながら
通り過ぎて行った
鉄の歯車を……

こうしちゃあいられない
こうしちゃあいられない　と　私は思う

彼女が「見てしまった」というものが何なのか、よく分からない。しかし、「こうしちゃあいられない…」という焦燥の先に《どう生きるのか、何をすべきなのか》という方途を模索することもなく、死を選んでしまった。

私にそんなことを思い出させた秩父行きからさらに５年が経った。その５年の間に世界はまた大きく変わった。2001年の９・11事件を境に、《文明の衝突》が現実のものになりつつある。自然破壊はますます進んでいる。「こうしちゃあいられない」と思っても何をどうしたらよいのか分からないような混迷の中に私たちは置かれている。あのニューヨークの巨大な二つのコンクリートの塊が崩壊したのは一つの象徴だったのかもしれない。

5年前の春の夕暮、レッドアローの車窓から見た、あの《武甲山の荒廃》を玲子は見ていないのだが、彼女はこういう時代の来るのを予感して、生きるのを拒んだのだろうか。17歳の若い命を自ら閉じた衝撃的な事件に直面していた37年前の日々が、いま鮮明に甦ってくる。

第1章　風

1963年の4月の8日、故人が在学していた国立高校では入学式が行なわれる時間に、小池玲子の四十九日の法要が営まれた。玲子が自死してもうそれだけの日数が経っているのだった。

私は新3年の担任に決まっていて、新入生にはあまり関係がないので、許可を得て法要の方に出ることにした。校門を出るとき、ちらほらと咲きはじめた桜の下を集まってくる新入生たちにすれ違った。その明るく誇らしげな様子は、ちょうど2年前の故人の姿だった。

「……冬の最後を告げる大雪が済むと、もうすっかり春ですね。私は今、高校合格の喜びにこの陽気が重なって、すっかり調子付いています。」――こんな叔母に宛てた手紙の言葉が思い出される。

小池家はそう遠くない。学校の屋上に上ると、運動場の南に平屋の住宅街が続き、その向こうにまだ真新しい団地が立ち並び、その更に奥に故人が好んで散歩したという谷保天神の杜が見える。小池家はその杜の向こうで、その日も故人をしのぶ気持ちで境内の杉林の間を抜けてお宅に伺った。

坊さんの来るのが遅れ、法要は正午を少し過ぎて始まった。

小池家は、多摩川に面する低い段丘の崖っぷちに建っていて、縁さきから多摩丘陵を見晴らす眺望はすばらしいが、その代わり風当たりも強いらしく、坊さんの読経の間じゅう庭の木々の梢は鳴り通しであった。私は、ともすればお経よりもその音の方に耳を傾けがちになりながら、玲子が遺した『詩ノート』の中にあった或る詩人のことばを思い浮かべていた。

遠くでほえるあの風の声を聞け
夜の森の孤独の声を
もつと摘めと風は言ふ
見えないのかと風は言ふ

玲子が私に遺していった手書きの詩集『碧いガラスの靴』の中にも『風の内部《ナカ》の男』という詩がある。

風が吹いて来たら
そっと手で掻分けて
内部《ナカ》を覗いて見るがいい
淋し(い)色をした　薄い眼の男が腰掛けているだろう
白い皮膚を震わせて　笑っているだろう
男の身体はがらんどう
だから赤い口がない
かつて男は　綺麗な　綺麗な内臓を持っていた

だのに男は　まず胃から
腸から　肺から　心臓《ココロ》まで
消してしまった
すると空気よりも軽くなり
吹いてきた風にひょいと飛び乗った
その時から男は
白い皮膚を震わせて　笑うようになったのです

17歳の少女のものとは思えない無気味な詩である。

彼女が、死を目前にして、寝る間も惜しんでせっせと詩稿の整理を続けながら、夜々に聞いたのはこの風の音だったのだろうか。

玲子が自死したのはアチーブメントテスト（共通入試）の前日、学校中がその会場準備でざわめいている際で、同僚から「小池という生徒が南部線の谷保駅近くの踏切で自殺したらしい」と聞かされたときは、単なる驚き以上のものを感じなかった。名前は覚えていたが、顔も浮かんで来なかった。校長や学年主任やクラス担任が急遽現場に駆けつけたと聞いても、ただ大変なことが起きていると思っただけで、まだ《一人の生徒の死》としか感じていなかった。

その生徒が、１週間ほど前、話したいことがあると言って教員室に私を探しに来ていた。また、私の家に訪ねてくるはずだったのが、同行する友人の都合で延期になっていた、というようなことを聞いたのはその日の午後のことだった。私宛ての遺書があるらしい、という噂も耳にした。私は妙に落着かない気持ちになった。

玲子が教員室に私を訪ねてきた日、私は休暇をとって休んでいたのだった。私に話したいというのはどんなことだったのか。それを聞いてあげられたら、あるいは死なずに済んだのだろうか。……皆目見当もつかないままに死者の心に負い目を感じ、何かをそのためにしてあげなければいけないようで、それでいて現実の事態は私とは関わりのないところで運ばれていて、気にかかりながら結局お通夜にも葬儀にも伺わなかった。担任でもない私が伺える状況ではなかった。

私が小池家に招ばれて、その遺書と、これも私宛に遺されていた３冊のノートを見せてもらったのは、それから２週間近く経ってからのことである。

「あの子の最後の願いだったんです。よーく読んでやっていただけませんか。……ほんとうはもっと早く、いちばん先にお見せしなければならなかったのですが、週刊誌の記者がさぐりに来たり、いろいろとうるさいことがあったものですから……。

あの子はふだんから何も言わない子でした。こんどだって、私たちには一言も言葉を残していってくれなかったんです。ですから、これはよくよく先生にお見せしたかったんでしょう。……」

母親の言葉にうなづきながら、これは大変なことになった、と私は膝をかたくした。

私の前に置かれた３冊のノート。戦後の物資の乏しい時代に育ち、しかも父親が離職した後の厳しい生活のなかで、物をねだるということのなかった子が、珍しく母親にねだって買ってもらったという（これは後で聞いて知った）鮮やかな朱色のビニールカバーに収められたノートは、細い書体で浄め書きした彼女自身の詩集で、遺書——私への最初にして最後の手紙——はそのページの間に挟んであった。他の２冊の大学ノートは、詩の勉強ノートらしく、１冊には日本の詩人の、もう１冊には西欧の詩人たちの詩が、びっしりと書き写されてあった。それは後で分かったのだが、驚くほどみごとな《詞華集》になっていた。そのほかには文庫本の萩原朔太郎詩集が1冊。これらをデパートの包装紙に包み、糊付けして、その上に私の名前が書いてあった。もう包装はいったん解かれていたが。

遺書は淡いブルーの用紙に濃紺のインクで細いペンで書かれていた。詩はすべて洋風に横書きなのに、教師である私を意識してか、これだけは縦書きだった。

先生、私は一度先生とお話をしたく思っていました
私の多くの知人の中で、私を本当に分かってくれる人は、先生ではないかと思われます
自分の一番の理解者と、同じ病気の心を持った人と、話すともなく話して、時を過ごすことができたら、何と快いことでしょう。
でも、所詮先生は先生
弱さを深く知れば知る程、それを支える術を、既に身に付けていらっしゃるでしょう
何処を捜したって、死を勧めてくれる先生はいないでしょう
それでも人によっては、死が最も幸福な解決法となる場合もあるのです
私がこれから生きて行くには、あまりに他の人に迷惑がかかります。
社会の機構の全てが、障害となります
私の死因は、何のせいでも、誰の責任でもありません。私の神経が淋しすぎたのです

私は恋を知りませんでした。社会が許せば、私にはまだまだしたいことが沢山ありました
しかしそれには　多くの障害が伴います
私にはだからと言って、それ等を諦める気持はありません
私は恐ろしく淋しい、エゴイストだったのです
私は海の中に深く沈む死を選びたかったのです。喜んで鮫にも食べられましょう
でも実際には、薬でしか死ねないと思いました
綺麗な寝間着を着て、睡眠薬を飲んで知らぬ間に死ぬつもりでした
ところが情なくも、それまでの手順ができそうにありません
私は列車自殺に心を決めなければなりませんでした
それまでは自分の死に、恐怖などとても考えられませんでしたが
自分の身体が無惨に引き千切られるのを思うと、受難者想像でしょうか、急に涙もろくなり、泣けて泣けてしようがないのです。全てに対して愛着を覚え、何かしてもらいたくてたまらないのです
私は何日か死を伸ばしました。死に面した自分を、もう少し味わう必要があったのです
学校はやはりいいですね。若い人はいいですね
私は学校のみんなと離れるのが　一番の苦痛です
しかし、私には、どんなことをしても、死ねない気がしてならないのです
もし死にそこなったら　どうしましょうか
私はもう、あの、いやな空気を吸うのは御免です
何も、憎いのではありませんが、家人の声を思うとぞっとします
私は二度と、彼等に、取り上げられたくはありません

私は既に、日陰の行動しか持てなくなりました
私は数多くの罪を犯しました
私は自分で死刑を宣告する形になりました
それでもまだ、人間の本質は欺けませんでしたよ、みなさん
さあ、私はしっかりしなくてはいけません。死後の自由を思うように努めましょう
ああ、早く死んでしまいたい
私は列車に、頭を向けましょう。きっと、すっきりと砕けるでしょう
多くの人に　迷惑がかかると思います
その一つ一つを思うと、私は惑ってしまいそうです
許してください
先生、結局私は、主人公ではなかったのですね

書体の乱れも誤字もない整然とした、その長い手紙は、死後に読まれることを前提としなければ語れない素直さで、心の内を私に打ち明けようとしていた。

母親の話によると、その朝、彼女は、いつもと同じようにパン２切れの食事を済ますと、いつもよりも明るい感じで、「さ、行ってきます」と何気なく最後の言葉を残して家を出たのだそうだ。彼女は健康でその前日まで１日も休まず授業を受けていた。死を願うほどに悩んでいるような気配を誰にも見せなかった。狭い家で、一つ部屋に机を並べていた仲の良い兄でさえ全く気づかなかった。その不在が級友に目立たない授業のない日の朝を決行の時に選んだのも偶然ではないだろう。その死は、考え尽くされ、じゅうぶんに用意されたものであることが感じられ

る。

それなのに、その手紙の中で《詩》について、或いは残してゆく３冊のノートについて、何一つ触れていないのが不思議であった。

その沈黙は何を意味しているのだろうか。語らなくても全てが分かるはずだと言うのだろうか。死者の残した言葉は、打ち消すことも反駁することもできない。と同様、その永遠の沈黙もまた、もはや裏切ることを許さない呪縛となるのを感じた。それは、死んでゆく者の最後の我儘と言うべきものかもしれない。しかし、それはまた生きている私への清らかでつつましい媚にも感じられるのであった。

その遺書を受け取った日から、私の中の何かが変わった。

彼女は私を「自分の一番の理解者」と言っているが、私はまだ何も理解していなかった。私が理解されていただけなのだ。どうして生きている間に彼女の心に気づいてやれなかったのだろう。今までに、危機を訴えるサインを何度か出していたかも知れないのに、それを見落としていたとすれば、私がきちんと生徒と向き合っていなかったからだ。悔やんでも今はもう遅すぎるが、せめて私に託したものはしっかり受けとめてやらなくてはならない。私は春休みの２週間ほどを、『碧いガラスの靴』や詩ノートなどを何度も読んで彼女の遺志に応えたいと思った。そして、今日の法要の日を迎えたのであった。

法要が終わってお寺にお骨を納めにゆく時が来た。旅立つ人を駅に送りでもするように、タクシーが来て門の前に止まった。白布に包まれた遺骨の箱を抱いた母親を真ん中に、父親と私と、前の助手席に兄が……。これらの、一月ほど前までは互いに知ることもなかった者たちが、黙しがちに甲州街道を八王子へと向かった。

車の走るのに身をまかせ、目を瞑ると、空しさがこみあげてくる。生前、ただ一度も話し合うことのなかった二人が、死という一つの接点で互いにつながっている。かつて、私は教壇の上で語り、故人は教室の一隅から私を見ているだけだった。毎回の授業の始まりには出席をとり、彼女はそれに「はい」と答えたはずだが、その声さえ私は記憶していなかった。今、故人は死者の言葉で語り、私はその面影を空しく探し求める。学校という一つのメカニズムの中でのささやかな触れ合い。「先生、一度お話したく思っていました」という願いに今はもう応える術もない。

車が八王子の墓地への道を３分の１ほども進んだかと思う頃、遺骨の箱を抱いている母親に恐る恐る言ってみた。「私に持たせていただけませんか。」

「そうしてくださいますか。」母親は一瞬面を輝かせるようにして、「玲子が喜ぶだろうと思って、さっきからお願いしようかと思っていたところでした。」と言った。

やわらかいクッションに腰の支えの充分でない不安定な姿勢で、まるで赤ん坊でも抱きとるように母親の手からその箱を受け取ると、その意外な重みに驚かされた。私は、なんということなく、そのかなり大きな箱の中には、ほんの申しわけ程度、小さな白い骨が２、３片入っているだけだ、と思っていたのである。母親の話では、頭の骨が壺の上の方に、下に体や手足の骨が入っている、ということだった。

私は胸のあたりに捧げるようにして持っていた箱をじかに膝の上に置いてみた。かつては豊かな少女の肉体の一部であったものの、その重みを膝に感じながら、両掌を箱の上に重ねた。そして、車が墓地の入口に着いて、ふたたびそれを母親の手に返すまで、そのままの姿勢を崩さなかった。

ある詩人の詩に、次のような1節がある。

　きみが透明な肉でしかないとき
　おれは不透明な骨でありたい
　きみがむきだされた骨であるなら
　おれは隙間を吹く風でありたい

実はその頃、この4行から得たイメージで『風』という作品を書くつもりでいた。沖縄の離島に今も残っているという《風葬》のことを書きたいと以前から思っていて、この正月休みに沖縄に行ったとき、それを実際に見てくるつもりだったが、船の都合でその風習の残っているという久高島へは渡ることができなかった。また、島民以外は《ゴショウ》と呼ぶその場所には立ち入らせない、ということでもあった。

しかし、ちょうど元日の日のこと、ひめゆりの塔や健児の塔のある米須が原から摩文仁《まぶに》の丘にかけて、10万の同胞の屍に覆われていたという南部戦跡をひとりさまよっていたとき、草むらの中に一片の人骨らしいものを見つけた。数年前までは、到るところに骨や遺品が転がっていたという。しかし、いま自分の手にしているものが果たして人間の骨なのか、それとも他の動物の骨なのか、見分けることはできなかった。私はそれをそっともとの草むらに戻し、立ち上がって、眼下に果てもなく広がる南の海に向かって大きな息をついた。「もし、それが戦死者の骨であったとすれば、これこそが最も完璧な風葬ではないか。」「そう思って見れば、この島全体が一つの巨大なゴショウではなかったか。」私は明るい光を含んで青い空を流れる風に、花粉のような微粒子となった死者の匂いをかいだ。

その沖縄での体験を私は誰にも話さなかった。だから、彼女も知っていたはずはない。けれども、教室で、生徒が質問に答えるのを待っているときなどに、ふっとあの骨のことを思い浮かべることはあった。草むらから私の指につまみ上げられたときの、風化した骨の木片のような軽さを、手にしている白いチョークに比べてみたりした。

こうして、私の内部で次第に『風』が育ってゆくのを、小池玲子は鋭く見抜いていたのではないか。彼女が死への斜度を深めて、あの詩ノートを整理しはじめた12月の半ば頃から２月の18日まで、その末期の眼に映っていた私がどんな姿をしていたかを想像するのは恐ろしい。

公園墓地とは名ばかりで、今はまだブルトーザーで山肌を切り裂き、階段状に整地しただけの赤土の斜面を、小さな土埃をたてながら、私たち――故人の兄健司さんと私はのぼっていった。そこには自然の安らかさはなく、また墓地の持つ深い憩いの静かさもなかった。砲弾で地表を抉りとられたような、荒れた丘のしらじらとした明るさが私に沖縄の戦場を想わせた。

故人のために予定された墓所はその丘の中腹にあった。

「先生ならもっと上のほうがいいとお思いになりますか。……ここからだと下に池が見えるんです。」

立ち止まって振り返ると、墓地のある丘を囲んで幾つもの低い丘陵が連なり、それらの丘陵と、今私たちの立っている丘との谷間に、ひっそりと小さな池が横たわっていた。若い健司さんが『赤い木馬』という妹の詩のことを、そしてその詩の背景になっている谷保天神の池のことを念頭に置いているのがすぐに分かった。

赤い木馬

深い川底に眠っている
堅く　冷たい　氷ガラスにはめられて
赤い木馬は眠っている

深い　深い　水の底
誰も触われる者はない
淋しいか？
痛いだろう？
上を　上を　水が行く
赤い木馬は眠っている

赤い木馬は待っていた
この地に楽園の来る時を
重い扉の開く時を
永遠の　その時の来るまで
赤い木馬は眠っていよう
堅く　冷たい　氷ガラスにはめられて

そこからの眺めはすばらしかった。見わたす限りの丘陵を埋める冬枯れの雑木林は紫に陽にかすんで何とも言えない良い色をしていた。その雑木林がいっせいに若芽をふく頃の美しきが想像された。しかし、また冬が来て木枯の吹く頃には、谷の空をわたってゆく風の音がどんなにかきびしいことだろうとも思った。

第２章　詩集『赤い木馬』

2004年、《去るものは日々に疎し》というが、忘れているということにさえ気づかずにいた小池玲子のことが、思いがけない鮮明な記憶として蘇ってきたあの秩父行きから、更に５年の時間がたって、玲子の死からは40年という節目の年になっていた。

その40年の間に《安保》があり《学テ》があり《勤評》があり、学校の外では《バブル》が生まれ、そしてはじけた。海の外ではベトナム戦争があり、湾岸戦争があり、９・11があり、ソ連が崩壊し、等々さまざまなことが起き、そして終わっていった。

身の回りでは先ずは母を見送り、次に父を見取り、教師としての先輩が次々に他界し、今度は同世代の古い友人たちが、秋の木の葉が散るようにこの世から姿を消して、《あの世》とかいう空があからさまに透けて見えるような感じになっていた。次々に身近な若い仲間たちが死んでいったあの戦争の時代以来の慌ただしさである。

私は玲子が生きることを拒否した時代をそうやって生きのび80歳を超えていた。「弱さを知れば知るほど、それを支える術を、既に身に付けていらっしゃるでしょう」と17歳の玲子に言われた通りである。時流に流されずに生きていたつもりで、気がついてみれば大きな時代の流れの末端にいた。

玲子が亡くなった翌年の春、遺稿は（『碧いガラスの靴』ではなく）『赤い木馬』という題で、りつぱな装丁の詩集になり、一周忌の祭壇に捧げられた。元国立高校の教師で、詩人の鈴木亨さんの協力によるものだった。

私は鈴木さんとの交換人事で国高に赴任し、ちょうどその年に玲子が国高に入学した。人事異動がなく、鈴木さんの教えを受けていたら、彼女は詩人として成長し、死なずに済んだということもありうる。或いは、私が受け取った遺書を鈴木さんがもらうはめになったかも知れない。運命的な巡り合わせだった。そんな仮定は現実の前には意味のないことだけれど、鈴木さんはそんな《縁》を感じて編集を引き受けてくれた。詩にそれだけの価値がある、と認めたからでもあろう。

詩集の後に加えられた長文の《跋》の中に、鈴木さんは次のように書いている。

「……彼女の詩は、単なる抒情詩の枠に納めおおせるものではない。むしろ思想詩と称せらるべきものであろう。ぼくらはかつて明治以来、このように若年の、かかる傾向の詩人を所有したであろうか。どう地道に考えても、ぼくは彼女が日本近代詩史上に独自の一つの椅子を要求しうる権利を保有すると、思わずにいられない。大方の親切・厳正な批判を、心から乞いたい。」

こういう《跋》のおかげもあって、『赤い木馬』には詩壇の一部からそこそこの反響があった。父親の松平さんに送られてきた礼状、23通の葉書と17通の手紙の中には高名な詩人の名も少なくなかった。

その中には儀礼的な挨拶だけのものもあったが、真情のこもった哀悼の言葉もあり、無名の少女の詩には過褒とも思われる賛嘆の言葉もあった。私信を勝手に公開することははばかられるが、既に公人とも言える著名な人の葉書なら許されるだろうか。

『赤い木馬』をありがとう。稚さが真実につながっていて、近頃心うたれた作品。著者が早逝したという条件付でない。

だがこういういのちのありかたは、詩などという表現をヌキにしていたいたしいが美しく、この世のあらゆる花でかざってあげたい。

しかし、世の親御としては哀傷きわまりないものと察します。どうぞ、百年をいきたよりも実のある十七年とおもって、ことほいであげて下さい。（金子光晴）

……亡くなるまで誰にも見せなかった作品が、こうして一冊の本になったことは、亡き人を追慕する何よりもよい事だと存じます。

さすがに作品は清純です。出来栄えの高い作品も見られます。生きていてずっと詩をかいていたならば、おそらくよい詩人になったでしょうが……。（伊藤信吉）

鈴木亨氏の跋はよく当っていると思います。たしかに思想詩の系列に入るものと思われます。非常に適確に事象の本質を見ているのに驚かされました。もう少し生きておられて独自の詩境を開いて頂きたかったと惜しまれます。（河邨文一郎）

……人類の進歩すなわち退歩一路の現代と対決、その反応を露呈した玲子さんの作品に打たれました。みじん甘えのない切り口のみずみずしさに驚きました。死を余儀なくしたこれほどの魂の鮮烈さもさることながら、青春の死を美しいと謳歌する以上に、やはり玲子さんの詩は生きぬくためのそれであって欲しかったと願われるのも、あまりに人間的でありすぎるかも知れません。と共に、逆流するマスコミの濁流のただ中に、安全第一とばかり順応し便乗して、人類の没落に拍車をかけるちんどんやみたいな大方の日本の詩人は

〝赤い木馬〟のうら若い著者の前に愧死すべきであり、私もそのひとりと大いに反省。心から玲子さんを哀惜。まことにありがとうございました。題名〝赤い木馬〟は童謡みたいで感心しません。(深尾須磨子)

『赤い木馬』は『詩学』その他の雑誌にも取り上げられ、それを読んだ読者からの反響もあった。300部の自費出版としては成功だったと言えるだろう。私には遺稿を託された責任の一端を果たし得たという思いがあった。

それから40年という歳月が流れた。あの300部の『赤い木馬』はどういう運命を辿ったのだろう。金子光晴、伊藤信吉をはじめ寄贈を受けた詩人の多くが亡くなっている。その時遺された『赤い木馬』はどう処分されたのだろうか。あれから一度も、古本屋でも見かけたことがない。どこかの誰かの本棚に今も大切に保管されていると思いたいが、『赤い木馬』はもうこの世から消滅したと思わなくてはならない。

小池玲子を鮮烈な記憶として思い出させた5年前の秩父行きから数ヶ月経った9月のこと、私の前立腺にガンが見つかった。すでにステージCに進行していた。前立腺ガンは進行が緩慢であるとは言われているが、年齢からしてもう余命は幾らもないと覚悟しなければならなかった。

秋も深まって行くなかで、身辺の整理などを始めていると、あの『碧いガラスの靴』や2冊の詩ノートのことが気がかりであった。今度は『赤い木馬』ではなく、『碧いガラスの靴』として、もう一度世に出すことは出来ないだろうか——そんな思いが高まってきた。

玲子の遺稿詩集が『碧いガラスの靴』ではなく、『赤い木馬』として本になったのには次のような事情がある。

詩集の表題には作品中の代表作の題名を用いるのが一つの慣例である。『碧いガラスの靴』という作品はなく詩句としても出て来ない。『赤い木馬』はその点で申し分ない。それで『赤い木馬』になった。これは編集者のプロの感覚で、私にも異存はなかったが、遺稿を託されたものとしての心残りがなくもなかった。

編集者の鈴木さんも、「実は彼女が自編の作品集につけた表題は『碧いガラスの靴』というのであった。それをここにも用いるべきであったろうが、それが書名としていささかすわりが悪いのを懸念し、ご遺族ともはかった上でこうしたものの、やはり不安は残っている。作者の容認が得られればいいが。」と《跋》の中で懸念を表明している。

故人である玲子の《容認》が得られたかどうかは知りようがないが、玲子の残したものが『碧いガラスの靴』であることは紛れもない事実なのだ。

『赤い木馬』が書界から消えてしまったのなら、こんどは『碧いガラスの靴』としてもう一度小池玲子を復活させてやれないものか。そんな思いを私はずっと引き摺っていた。

第3章　樹

2003年の春、小池玲子と同じ団塊の世代のクラスが久々にクラス会を開いて招いてくれた。20人ほどが集まった。それぞれがそれぞれの人生を生きて、定年に近い年齢になっていた。参会しているのは健康で生活条件の良い連中ばかりなのだが、それにしても元気で活気があふれていた。昔の仲間が集まると昔の気持ちに戻るのだろう。この活気は或いは団塊の世代特有のものかも知れなかった。小池玲子も生きていれば同じ歳である。生きていてほしかったと思う。

その席で女の子の一人から衝撃的な小冊子を手渡された。『あぐり――上田あぐり追悼抄』という、亡くなった同級生上田あぐりさんの父親が編んだ追悼文集だった。国立高校は旧男子校なので一クラスの女の子は16人しかいなかった。圧倒的な男子の中の少数派であるせいもあるだろうが彼女らは仲が良く、《十六夜《いざよい》会》という会を作って団結していた。《いざよい》というのは担任が国語の教師であることに因んだものらしかった。その大切な仲間の一人が卒業して３年目の昭和44年の夏、千葉大の学園紛争のさ中で亡くなっていたのだ。自殺だった。

もちろんそのことは私も知っていたが、噂に聞いた程度のことで、あぐりさんの百ケ日に追悼文集が発行されたことも、翌年の２月に追悼会が開かれたことも知らされていなかった。

昭和44年（1969年）という年は私にとっても辛い年であった。その年は酉年で、私の干支《えと》だった。元日はよく晴れていた。賀状に石川啄木の「何となく今年は良きことあるごとし元日の朝晴れて風なし」という歌を引用したりした。しかし、良いことは一つもなかった。

春休みに生まれて初めて母を連れて東北の山間の温泉に行った。その帰り、一足先に宿を出た私の後を急いで追ってきた母が、まだ雪の残る路上で脳卒中で倒れ、それがもとで５月に亡くなった。私の不注意から母を死なせてしまったという思いに苛まれていた。その秋には大学紛争が高校にも飛び火して、国立高校も闘争に入り、私はその闘争の中心である３年生の担任だった。私のクラスにも所謂《活動家》がいた。私自身は彼らと悪い関係にはなかったが、教師と生徒という立場の違いは鮮明でなくてはならなかった。毎日のように職員会議が深夜まで続き、つらい日々だった。そんなことは何の言い訳にもならないが……。

彼女をこの上なく深く慈しみ、彼女もまた深く愛していた父母でさえ彼女の死を止められなかったのだから、私の無力は当然で、もともと平凡な教師にそれほどの力があるはずもないのだ。

クラス会が終わり、家に帰ってから追悼文集を開くと、冒頭にこんな詩が載っていた。署名はないが、たぶん父親か母親のものではないかと思う。

あぐりちゃん
なぜ死んだ
どうして死んだんだ

人間疎外、そして断絶の時代とかいう嵐に
まきこまれてしまったのでしょうか
一九六九年の若い世代を襲った
えたいの知れないおそろしい怪物に
さらわれてしまったのでしょうか

その短かった生涯の記録と
作品を集めたこの本だけが
手もとに残ったあぐりちゃん……
あぐりちゃん

「残った作品」というのは、上田あぐりが千葉大の工学部工業意匠科の学生で、かなり優れた（と私には思われる）平面や立体のデザインの数々を残していたからである。

『追悼抄』には「職業」という題の彼女の文章が載っている。

「未来は予測するものではなく、発明するものである」と云われる。

社会は人間がつくっているのである。企業も、学校も、政府も、あるいは法律も諸制度も、人間が幸福に生活していくための手段として、人間が作りだし、動かしているものである。だが、ときに巨大な機構が人間を超えて厳然と存在し、個々の人間はそれに押しつぶされ、歯車として動いているにすぎない、ちっぽけな存在でしかないのだ。

そう考えると絶望感しか生まれてこないのだが、もう少し希望をもって未来を展望してみよう。（中略）

そこで自主的選択によって、働く自由と働かない自由とを使い分けることが可能な社会——このような理想をかかげてはみるものの、現実に目をむけて、はたして実現可能なのだろうかと考えると、再び絶望的にならざるを得ない自分をみいだすのです。

ここにも《歯車》が登場する。人間を押しつぶす巨大な機構という言葉が出てくる。

あまりに略の部分が長いので文意が明確にならないだろうが、揺籃から墓場まで競争と云われていた団塊の世代の中で、彼女は「働かない自由」のある社会を考えている。これはすごいことだ。今日大きな社会的な問題となっているニートの多くが団塊の世代の子供たちであることを考え合わせると、彼女もまた今日の社会を何となく予測していたのかも知れない。

『追悼抄』の中には自筆の遺書も載せられている。その遺書を中途半端な形で紹介するのは差し控えるが、「七月の段階ですでに私の魂はなくなっていたのです。それからの私の存在はヌケガラでした。」という文で始まり「私はスキーさえ出来ればという大変利己的な自分本意の考えに固執し、たとえ表面で反戦反安保を口にしようと、それは地についていない空虚なものだったのです。お父様お母様、本当に親不孝」という文で終わっている。上田あぐりは小池玲子とは違って都会育ちだが、山の自然を愛しスキーにのめり込んでいた、ごく普通の健康な少女だった。いつかスイスアルプスの山々を滑りたいという夢を抱いていた。

『追悼抄』を読むと、両親はもとより学友たちからも深く愛されていたことが分かる。しかし、そういう愛ですら青春の孤独な死を止めることは出来なかった。本当に美しく純粋な魂は、そういう死を何らかの運命的な力で逃れない限り、生き延びられないものらしい。

そのクラス会から一月ほど経って、東京では桜が散って萌える若葉の季節だった。玲子の兄の健司さんが案内してくれるというので秩父の町を訪ねた。前々から、まだ当時のまま残っているという小池玲子が住んでいた家を一度見てみたいと思っていたのだ。

所沢駅のホームで待ち合わせて、レッドアローで秩父へ行った。四十三年前、小池さん一家が東京に出てきたときは、まだ西武秩父線が開通していなくて、熊谷から大宮経由で東京に出たのだそうだ。「今はこんなに簡単に来られますが、前は半日がかりでした。西武線が開通したのはセメントを東京に運ぶためなので、秩父セメントの悪口は言えませんが……」と健司さんは口ごもった。セメントは原価の半分が燃料費と言われるぐらいで莫大な燃料を使う。燃料に石炭を使っていた時代は煤煙がひどかったろう。また飛散する粉塵で真っ白になったトタン屋根はおかげで塗装しなくても錆びない、などと冗談が言われていたそうだ。しかし、秩父銘仙が新しい繊維産業に押されて衰退し、セメント工場に依存するしかなかったから、表だって文句をいう人はなかったらしい。玲子の父親の経営していた絹織物の会社が倒産したのも時代の流れだったのだ。

玲子たちが住んでいたという野坂町の家は、駅から歩いて５分ほどのところにあった。回りには庭もないような小さな住宅が密集していた。彼女の家は父親の仕事が順調だった時代に建てられたもので、大谷石の垣根を巡らした立派な家だったが、想像していたのとは違い、回りに畑も原っぱもないのがちょっと意外だった。私がそのことを言うと、健司さんは「私たちの住んでいたのは西武線の開通する前で、ここらは秩父の町外れで、一面に麦畑や桑畑の広がる長閑《のどか》な古い集落でした」と言い、「12番札所の野坂寺はすぐ近くです、行ってみませんか。今はちょうど桜の季節ですし」と誘われた。参道の桜並木と白壁の土塀の美しさで知られている寺なのだそうだ。

私は玲子たちが暮らしていた部屋の中も見たいと思ったが、現在住んでいるのは親戚でも知人でもないということなので、諦めるほかなかった。

野坂寺に向って西武線の踏切を越えると、まだ芽吹き前の茜色の雑木林に縁取られた羊山の稜線が見えてきた。その稜線を右に辿ると、杉か檜らしい濃緑の林の奥に武甲山が仰ぎ見る高さで立っていた。1300メートルほどの山なのだが、ここはもう麓に近いのだ。

《野坂》という地名もそこから来たものだろう。

羊山に向かって桜並木の坂道を上って行くと夢想窓のある山門が見え、白壁の塀に囲まれた寺域には桜ではなく桃の花が満開だった。

こじんまりとした山門の中央に木造の聖観音像が祀られていて、優しいお顔で迎えてくれた。この寺は小池さんの母方の菩提寺でもあるので、幼い玲子が母親の手に引かれてこの山門をくぐったこともあったに違いない。

境内は狭く、裏は直ちに羊山の丘陵である。丘の急斜面を切り開いた階段状の墓地の中程に健司さんたちの祖母が眠る墓がある。玲子はこの祖母の自慢の孫娘だった。お参りを済ませてから、いちばん高いところにある墓まで急な石段を上りつめると、目の前は先ほど見たあの稜線の雑木林である。柵もないが、道らしいものもない。

「ここから丘に上れそうですね。」

「ええ、道はないんですが小さい頃、玲子も私もよくここから丘に上りました。雑木林の向こうは今は芝桜の公園になっていますが、昔は蚕の餌になる桑畑でした。武甲山が真っ正面に見えるんですよ。上ってごらんになりますか。……無理ですよね」と言って健司さんは笑った。たしかに80歳を越えた今の私には無理だが、身軽な子どもなら簡単に上れそうである。

下りようとして振りかえると、眼下に秩父の町並が広がっている。そこは数十年前までは《野坂》の名がそのままの田園風景だったのだろう。そんな野や畑の中を走り回って玲子は育ったのだ。

『碧いガラスの靴』の冒頭に置かれた『少年』という詩を思い出した。あれはそんな思い出を歌っているのではないか。

私は少年になりたい
風のようにすばしこく
太陽のように快活で
自然の中を走り回る
そんな少年

髪はブラウン
笑えばその眼は
神秘の色を明るく放つ
かろやかに開いた口からは
高らかな笑い声が
空に　森に　響き渡る
少年の白い体に
躍動する血が満ちている

少年は走る
春の畑を
少年は飛ぶ
夏の空を

ああ　少年は
いつも光の中にいる
私の心の中を走り回り
今日も私を魅惑する

この詩が作られたのは玲子が17歳の時だから、しだいに重くなってゆく女という性が鬱陶しく、「かろやかに」少年のように生きたいという憧れを歌ったものと思っていたが、どうやらそうではなかったようだ。

『碧いガラスの靴』の中で明るいのはこの冒頭の『少年』だけで、すぐ次に『人間ではないもの』という題の「私は孤独な物質　石／人間になろうなろうともがけばそれだけ／私の身体は固くなり　物質化していった……」という無気味な詩がおかれている。この冒頭の一編だけのとびぬけた明るさをずっと不思議に思っていたのだが、兄の健司さんと一緒に野坂町を歩いてきて、今思い当たることがあった。

この「少年が走る春の畑」は「私の心の中」の野坂であり、「少年が飛ぶ夏の空」は羊山の丘の上に広がっていた空であり、少年の「高らかな笑い声が響き渡る」のはこの羊山の森なのだ。そして何よりもその少年というのは兄の健司さんのことではないか――。

彼女は遺稿となるこの詩集を編むにあたって、先ずはいちばん幸せであった秩父での幼・少女時代へのオマージュを捧げたかったのではなかったか――。長い間の謎が解けた気がした。

いったん野坂寺を出て右手に歩き《牧水の滝》の表示のある坂道を羊山に上ると、これが秩父古生層というものなのか、初夏の日差しに乾いた土の色が明るかった。私は詩集の中のもう一つのやや明るい詩を思い浮かべた。『明度』という詩である。

ああ　眩しい
あたるこの　花やかな風よ
腹這いになって進もうか
食い付きたいようなこの土よ

生える緑の優しさよ
一体此処は何処なのだ？
恋の味でいっぱいだ
私は何をしたらいいのだ？
自然に食われてしまえ！

この最後の一行の激しさに驚かされるのだが、ここ秩父で読むと自然に食べられてしまいたいような気持ちが分かる。「食われる」ことで自然と一体になれる、それが彼女が思っていた「恋」なのだろう。《遺書》に「私は恋を知りませんでした」と言っているのは人間に対してそういう感情を持ったことがない、ということだろう。

丘伝いに歩いて、羊山公園の北の外れにある武甲山資料館に行く途中、道の遠くに一本の大木の立っているのが見えた。近づくとそれは榎で、木陰に入ると空気がひいやりとして気持ち良かった。見上げる梢は青い空に高く伸びて、淡い萌黄に若芽が輝いていた。『樹』という詩のことを思い浮かべた。

樹
荘厳な樹
オマエは私を虜にした
その無限に伸びる腕で
私は動けない
一歩オマエに近づくことも
一歩後退することも出来ない

今日の空はあまりにも高すぎる
オマエは無言でそれに挑む
オマエの道は高く長い
目が眩みはしないのか
おじけづきはしないのか
オマエが大地から飲込んで
幹を通して空に打出しているものは何
私の胸に　痛く恐ろしい響きを残して　次々と空の彼方に向うものは何
オマエの血は黙って流れる
その流れは激しいが
冷たかった

結局私は　オマエより離れるしかないのだ

彼女にとって最後となった高校2年の夏休みが終わった9月の16日、たぶん夏休み中から読み続けていた『カラマーゾフの兄弟』を読み終えた直後の高揚した心を、叔母端多恵子に次のように手紙に書いている。

「あの本を読み終わって音楽を聞きながら、私は夜の空に向かって手をさしのべこう思ったのです。自然の中に溶け込みたい、自然の中で自由になりたい、それも全然悲劇的で無しに、歓喜を持ってですよ。」

『樹』に歌われている木は何処で見た何の木なのか分からないが、「自然の中に溶け込み」「自然の中で自由になりたい」という願望が、小さな人間である彼女にはなかなかに達しがたいことをその梢を仰いで感じたのだろう。「結局オマエより離れるしかない」という1行を書き加えなければならなかった。その時すでに自分の終末を見てしまったのかも知れない。

玲子は日記のようなものは残していないので、普段どんなことを考えていたか、知りようもないのだが、たまたま学習ノートの落書きにこんな言葉を読むことが出来る。

「いくらこの世が20世紀だと言っても、18世紀の心しかもてない奴だっている」

彼女がもし18世紀の秩父に生まれていたら、健康で賢く、働き者のいい娘、いい母親になって、幸せな生涯を送れたのかも知れない。——今でもまだ美しい秩父の自然はそんなことを思わせる。

戦後20年の当時には、エコロジーという言葉もスローライフなどという言葉も私たちの周辺にはなかった。破壊からの復興、貧困からの脱出、所得倍増、そして経済大国へと、進歩発展の道をまっしぐらに突っ走っていった時代だった。東京オリンピックと新幹線の開通、そして《人類の進歩と調和》をテーマに掲げた大阪万博がその象徴である。そのエネルギーの中核になったのが、彼ら団塊の世代だった。しかし、玲子はそういう時代の流れに乗ることも流されることも拒否したのだ。

武甲山資料館に入ってみると、まだ石灰石の採掘が始まったばかりの頃の武甲山の写真と油絵があった。江戸時代に谷文晁が『日本名山図絵』に描いてるだけあって、昔の武甲山は美しい山だった。いまの痩せこけたピラミッドのような山顚の上に、70メートルも高く、石灰岩の峰が聳えていたのだ。姿や山肌の色は違ってもセザンヌが描いたセントビクトワールのような堂々たる石灰岩の山だったのだろう。それが戦後の復興、列島改造などという時代の流れの中で崩されて行く、その過程が、よく分かるように展示されていた。

資料館を出て、羊山から秩父の街へ下る道に見る武甲山は午後の明るい光のスクリーンに淡いシルエットになって、少し悲しそうだった。

坂を下りながら、駅の近くに『加藤近代美術館』のあったことを思い出した。今度はワイエスの絵が見られるかもしれない。それが今回の目的ではなかったけれど、せっかくの機会だからと健司さんを誘った。しかし、行ってみると美術館はもう存在していなかった。近くの店で聞くと、館主の卓二氏が亡くなって相続税が払えなくて閉鎖になったのだそうだ。ワイエスの絵はどこかへ売られていったのだろう。

時代は恐ろしい速さで変わって行く。古いものはどんどん壊されて、壊された跡に見慣れないものが黴のように増殖して行く。それが現代というものであるらしい。武甲山はこれからも崩され続けるだろう。

武甲山は輝緑凝灰岩が主体で、その秩父側に厚さ数百メートルの石灰岩がもたれかかっているような構造になっている。山の主体である輝緑凝灰岩は脆く崩れやすいので、石灰岩を数メートルから数十メートルの厚さで掘り残して崩落を防ぐ石垣にしているのだが、このまま採掘が続き、そこに酸性雨が石灰を溶かすという作用が加わると、石垣は壊れ、脆い輝緑凝灰岩の山頂がいっきに秩父側に崩れ落ちて、秩父盆地が埋まってしまう恐れもある、という。それはまだまだずっと先の話らしいが。

しかし、日本の自然には再生の力がある。たとえ山の形は失われようとも、いずれは草木が繁り、それなりに美しい自然に戻るだろう。その頃には私も健司さんも、現在いる全ての人がこの世にはいないが、小池玲子の魂は、風に乗ってあの「少年」のように自由に秩父の空を飛び回っているのだろう、大空の碧に溶け込むような《透明なガラスの靴》をはいて。

今はまだそう信じられるほどに秩父の自然は豊かで美しかった。

帰りのレッドアローは横瀬の手前でトンネルに入り、武甲山の姿は車窓から消える。それまで健司さんも私も、夕暮れの空に霞む山を見続けていた。手前に見えている低い山の中に秩父八番札所の西善寺があり、「境内の五百年楓のあたりから見る武甲山がすばらしい」とガイドブックにあったことを思い出した。またいつか秩父に来ることがあったら、今度は西善寺を訪ねてみようと思った。

《五百年楓》とういのはどんな樹なのだろう。ガイドブックに小さな写真が載っていたが想像がつかなかった。野坂から西善寺まではそれほどの距離ではないから、玲子も小学校の遠足などで訪れていたかもしれない。詩に詠われている樹とは関係ないだろうが、一度その下に立って梢越しに武甲山を見てみたい、何かが分かるかもしれない、そんな気がした。

大木といえば、彼女にとって最後となった２年生の秋の文化祭に、美術部員として『木の根』という題の油絵を出品していたことを思い出した。その絵は、彼女の通学路である造成中の団地の脇に掘り出されて捨てられていた欅の大木の根を、12号ほどの画面いっぱいに描いたもので、その変わったモチーフが印象に残っている。

描かれている樹の根は、オリンピックを境に急ピッチで進められてきた開発の象徴のような姿であった。彼女はその絵で何かを訴えたかったのだろう。その訴えたかったものは、今日私が、崩されていく武甲山を見て感じたものと同じだったかもしれない。

今思うと、タッチは粗く技術も拙いが、茶系統を主とした少ない色数で抑えた色調がワイエスに似ていたような気がする。ワイエスにも確か巨木を描いた絵があったはずだ。――そんなことを、レッドアローがトンネルを出て車窓に風景が戻るまでの短い時間に考えていた。

家に帰って早速ワイエスの画集を出してみると、やはり巨木を描いた絵があった。しかも２枚も。また、木の根だけを大きな画面いっぱいに描いている絵もあった。1942年、ワイエスが25歳のときの『ペンシルヴァニアの風景』という作品には、アメリカスズカケの大木が、100号ほどの画面からはみ出すほどに大きく描かれている。その絵には「樹齢が五百年近くにもなるこの大木の堂々たる風格が描きたかった」というワイエス自身のコメントが添えられている。1973年の『鷹の木』という作品にもこの同じ木が80号ほどの画面から溢れるような大きさで描かれている。このアメリカスズカケの大木はワイエスの自宅の近くにあり、子供の頃から親しんできた木で、ワイエスの作品には頻繁に登場するらしい。

『ペンシルヴァニアの風景』には次のようなワイエスの言葉も書かれている。

「もし人々が何かを信じ、自分を激しく高揚させることができれば、何事も不可能ではないということを伝えたかった。」

小池玲子は、前にも引用した『樹』という作品で、「樹／荘厳な樹／オマエは私を虜にした」と高揚した感情を詠いながら、最後に「結局私は　オマエより離れるしかないのだ」と一歩後退してしまう。『カラマーゾフの兄弟』を読了した後のように「自然の中に溶け込み、自然の中で（歓喜をもって）自由になる」ことはできなかった。

彼女がもしその望み通りに画家になっていて、あの西善寺の五百年楓を前景に、太古の昔から変わらぬ姿の武甲山を描くことができたとしたら……。これは、到底ありえない仮定だが、それを可能にする日本は現在とは全く違った風景であるに違いない。彼女が衷心から希求しながら、諦めたのはそんな願望だったのではないだろうか。

終章 『バスの中で』

その秩父行きから更に6年近い時間が流れて、今年は2009年、100年に一度とかいう経済不況のどん底にあえいでいる。人間の限りない欲望を追求する資本主義体制が行き着くところまで来た感じである。しかし、自然はそんなことに関わりなく、庭の椿は花をつけ梅の蕾も膨らんでいる。樹木と違って短い寿命しか持たない人間の私は、この春が最後の春になるかもしれない、と思ったりする。老化が進んで体の故障が重なると「生きるのもなかなかしんどいものだ」と思う。まだ死にたくはないが、「ああ、早く死んでしまいたい」という小池玲子の気持ちが分かる気がしないでもない。途中の経過を全て省いて結果だけが求められるものなら《死ねば全てが楽になる》のである。これは年寄りの誰もが求めることで、だから《ぽっくり寺》などが存在するのだ。しかし、17歳の少女がそんな気持ちになるのは、やはり尋常ではない。

『碧いガラスの靴』は『少年』という詩をプロローグとして整然と構成された詩集であることは前にも述べたが、エピローグに相当する作品もちゃんと用意されている。それが『断片』である。しかし、それを紹介する前に『碧いガラスの靴』の全作品の配列を提示しておこう。

1　少　年　＊	4　樹　＊
2　人間ではないもの	5　私は地球の傍観者
3　夜の青い空	6　詩　界

7　雪
8　白い道
9　私は見た　*
10　空
11　虫
12　明　度　*
13　赤い木馬　*
14　不具者の真面目な戯れ
15　ある情景
16　凮の内部の男　*
17　怪　物
18　題いらず
19　泣　き
20　バスの中で
21　春
22　私の地下で
23　白い寝台
24　断　片

（*は既に引用した作品。都合により番号をつけた）

小池玲子は日記をつけていないし、制作に関する記録をいっさい残していないので、この配列がそのまま制作順であるとは限らないが、この順に読んでいけば、彼女の心が次第に死に傾斜して行くのが分かる。彼女自身そういう軌跡を意識していたと考えていいだろう。

その仮定の上で言えば、『樹』は彼女の心が《高揚》から《絶望》に変わってゆく分岐点にある作品で、その直前の『夜の青い空』が彼女の先ず達した最高の詩境だった、と私は思う。

夜の青い空

夜の青い空に
頼りきった眼を向ける
何も無い
濡れた空間のその遠く

古びた月の光が
笑っている
何も無くていい
今は私と
あの空があればいい

ここには高揚もないが澄みきった充足がある。しかし、そこから更にどう詩境を深めてゆくかが難しいところなのだ。

鈴木亨さんが彼女の代表作と多分考えていた『赤い木馬』はその《行き着いた詩境》だが、そこには彼女自身の死が設定されなければならなかった。その後に続く『不具者の真面目な戯れ』以降は崩壊してゆく人間＝自分の、肉を食むような鋭くかつ切ない観察である。それを具体的な言葉として表現することで、彼女自身はしたたかに生き延びられるはずだった、と思う。しかし、彼女は生真面目すぎた。その詩の真実を事実で証明して見せなければならなかった。

『怪物』（№17）という詩がある。

「私は、身を横たえる度に見なければいけないのです／しらじらしい夜気は冷淡で、少しもそれを遮ってはくれないのです／それは貪欲な顔をして、避けられぬ淀んだ目をむけます／酒浸りの息を吐く、黒の混沌です／ごろごろと濁った声で〝早く来いよ〟と私をからかいます／私は、軽く受け流そうと、努めるのですが／どうにもしようのない程身が重くなり／見る間に表情が崩れてしまうのです／もう　終わりです／全てが
もう終わりになるのです」

『私は見た』の中の《鉄の歯車》にしても《青いガラスの靴》にしても《怪物》にしても彼女はその目で本当に見たのである。たとえ神経疲

労から来る幻覚だったとしても、それを詩的構成の中にしっかりと組み入れてしまった以上、それは彼女にとって実在なのだ。『怪物』の次の『題いらず』（№18）には「私の体細胞はぼろぼろに解《ホド》けて、分子のように自由になる」とある。このあたりで死は避けられないものになってくる。「軽く受け流す」ことのできない死への誘いが《死ぬ覚悟》に変わってゆくのは、№20の『バスの中で』あたりではないだろうか。

バスの中で

街の中をてくてくと　バスは行く
私はその中で、快い振動に身を任せる
もっと揺れて
私の疲れた魂をさすっておくれ
窓の中から外を眺めると
どこもかしこも愛らしい
路行く人が懐かしい
此処から見ると、何と全てのうっとりとしていることよ
ただで通り過ぎてはならない
一つ一つに手を触れて
〝あなた〟と声して行かなくては
抱擁したい
離れたくない
バスよ、いつまでも止まらずにいておくれ

「抱擁したい／離れたくない／バスよ、いつまでも止まらずにいてお

くれ」と叫んでみても、バスはいずれ終着に行き着くことは分かっている。分かっていながら止まらないでほしいと懇願しているのだ。

「窓の中から外を眺めると／どこもかしこも愛らしい」というのは既に《末期の目》である。《遺書》の中でも、彼女は「若い人はいいですね。私は学校のみんなと離れるのが一番の苦痛です」と同じようなことを言っている。それならなぜバスから降りて「愛らしい」と感じる外の世界に歩み入ろうとしないのだろう。

バスのガラス窓のこちらにいて、そのまま「いつまでも止まらずにいておくれよ」と願うのは、モラトリアムではないか。彼女は３年生になりたくなかったのだ。或いはもうなれそうもない状況にあったのかもしれない。

３年の１学期の終りには「追い出しコンパ」があってクラブ活動からも追い出される。意識の上で３年生はもう予備校生なのである。そんな友達の姿を絶対に見たくなかったろう。もし、その中に自分がいるとすれば、画家になるために美大を目指す自分でなければならなかった。

しかし、私立の美大に行くには家に資力が無く、兄がアルバイトをしながら大学に通っている状態では、芸大を受けるために研究所に通わせてほしいなどと言い出せる状況ではなかった。それでも彼女は美大を諦めて普通のOLになるために大学にゆく気にはなれなかった。その頃秩父の多恵子叔母にこんな手紙を書いている。

……多恵ちゃんよく聞いてください、私は美大に行きたいのです。一年後、その他の状態でいる事は考えられません。でも、それは諦めるべきなのです。私にはその力はありませんし、お金もありません。研究所通いは一週二千円位かかるし、都心まで出かけなければなりません。それでも私は信じています。私はあまり現実的でないのです。明日諦めなければならぬとしても、私は最後まで信じています。明日の後のことなど考えません。私は、将来の全てを、そんな目でしか見られないのです。

私の創る生活を、誰も壊すことはできません。あなたでさえも。

それでもなお、私と私の世界の間に無なる現実は存在します。

青いガラスの靴って考えたことあるかしら

私は授業中、空間を透してそれを見たのです。

さようなら。

多恵ちゃん　牧場でも始めませんか

そうしたら私、すぐさま飛んで行きます。

この手紙が叔母に送った最後になった。「あなたでさえも」という最大の信愛の情を示しながらも「さようなら」を告げた。叔母に宛てた遺書のようなものだったろう。そして、肉親の叔母には打ち明けられない死の覚悟を最後に受け止めてもらえるかもしれないと思った相手が、私だったのだろうか。

『赤い木馬』の前に『雪』(№7)という作品がある。この詩は、実は国語の宿題として私に提出した作品である。

雪

ちらほらと
ぼたん雪が降って来たらどうしよう
外に出て　そっと触わってみたい

つうっと頬を滑らせようか

ふんわり雪が積もったらどうしよう
私は手に取って　顔を埋める
柔らかい　白い光が肌をつつむ
その時かしらね
私の心の融けるのは

藁半紙に細い鉛筆で書かれたこの詩を読んで、形の整ったきれいな詩だとは思ったが、赤鉛筆で三重丸をつけただけで、なにもコメントを加えなかった。それを返すとき、教卓の前に出てきて受け取るときの彼女の気配が何となく私の記憶にある。団塊の世代で、一クラスの人数が50人を超え、しかも私は９クラスを担当していたから、とても一人一人に細かく心を配る余裕はなかった。しかし、顔の見覚えも声の記憶もないのに、その気配だけが私の感覚のどこかに残っているような気がする。

「その時かしらね／私の心の融けるのは」この２行に私が鋭敏に反応して何らかのコメントを加えていたら、彼女は生前にその他の詩をも見せてくれていたかもしれない。そうすれば状況はまた違っていただろう。すべては後の祭りである。

現実に私が受け取ったのは彼女の遺稿集と死であった。

私の地下で

恋人よ　自分で掘るにはあまりに苦痛
私のためにこさえて下さい

地下深く、私の入る暗い穴
ひいやりと、なめらかな風の居る
ごきげんとりのうじ虫もいる
私は、湿った土に腰を下ろし
盲目の目で上を見上げます
丸い穴から、のんきな空が覗いています
恋人よ、土を掛けて下さい
私は、泣きも笑いもしないで
おとなしく埋れましょう
もっと……もっと沢山
見えなくなるまで掛けていいです
それから私は、ほっと軽い吐息を付きます
さて、それから長く、どうしましょうか
初めての、永遠の、私の休息

その次の『白い寝台』にも同じ埋葬のことが歌われている。

白い寝台

空《カラ》の寝台に　ひ弱な光がまといつきます
あの、清潔で暖い感触を、私に下さい
その中で、私は病人のように横たわりましょう
そうしたら、私の身体を深く、深く埋めて下さい
今にも崩れそうな私の頭を、やわらかく揉んで下さい
白いシーツは、同じ痛みで私の心をあやしてくれます

私はそれにあまえて、甘い悲しみを満喫しましょう
白いやわらかな肉、私を溶かして下さい

この短い二つの詩の中に「下さい」という言葉が6回も使われている。それが詩集を託する私へのそれとない依頼とも感じられた。私は「残してゆく詩やノートに何一つ触れていないのが不思議だ」と前章で書いたが、ちゃんと触れていたのだ。

自分の《埋葬》を歌った二つの詩の次の、最後の詩が『断片』である。詩の形はとっているが、もはや作品ではないこの断片が、『少年』と対をなすエピローグということだろう。

断片

私は青いネグリジェが欲しかった
その肌の持つ、柔らかい優しい感覚に、思う存分あまえたかった
私は青いネグリジェを着て、しずかに眠りたかった

私は骨なしの赤ん坊
笑い顔を知らない
生まれた時からの廃人
青い、ぶよぶよした肌を
のっぺらぼうの月が照らす

私は冬の蠅が可愛くてたまらない

私は光の遊ぶ舗装道路に、ぺったり腰を落ち着けて
阿呆の歌を歌いたかった

『碧いガラスの靴』は秩父の野を駆け回っていた少女の時代へのオマージュに始まって、自分の前に魅力的に開けた詩界が次第に暗く変わってゆき、やがて死を遂げるまでの展開を整然と配列した、計算しつくされた詩集だったのだ。

こういう構成の詩集は自殺を決意した後でなければ完成させられないし、遺作という形でしか私に見せられない。言い換えれば、それを私に見せるためには死ななければならない。そんな詩集を彼女は作らねばならなかったのだ。

受け取る側からすれば、なぜ私が声を掛けてあげられるときに見せてくれなかったのか、という嘆きがいつまでも残る。しかし嘆いても何も変わらない。彼女があの武甲山の無惨な姿を見ずにすんだことをせめてもの幸いと思わなくてはならない。

彼女は「私の死因は、何のせいでも、誰の責任でもありません。私の神経が淋しすぎたのです」と言っている。それは本当だろう。しかし、決行の時を人々が活発に行動を開始する朝に選んだのには、やはりプロテストの意味があったと思わなくてはならない。

鋭い詩人の直感で彼女には日本の社会が向かおうとしている方向が見えていたのだろう。漠然とではあっても彼女が感じ取っていたのは、現在私たちの回りにある社会の姿である。そういう社会を団塊の世代の一人として生きなければならないことに、「十八世紀の心しかもてない」彼女は耐えられなかったのだ。「牧場でも始めませんか。そうしたら私すぐさま飛んで行きます」というのは乙女チックな夢なんかではなかっ

た。

しかし、どんな理由があるにせよ、未来に生を閉ざすのは、やはりモラトリアムである。最後の３編の詩を書くかわりに、汚れてもなお生き抜いてほしかった。

最後に残る疑問は、作品の中に題名としても詩句としても一度も出てこない『碧いガラスの靴』をなぜ詩集の題にしたのか、ということである。それは何となく分かるようで分からない。しかし、彼女の見たものが「空間の中を旅する鉄の歯車」や「腸から　肺から　心臓まで消してしまった凪の内部の男」や「貪欲な顔をして、酒浸りの息を吐く、黒の混沌（怪物）」だけでなく、教室の窓から空間を透して見た、光に満ちた「碧いガラスの靴」というのが救いである。彼女の魂はやはり詩の世界で浄化されていたのだ。

今年も大寒を過ぎ、もう直ぐ２月19日、小池玲子の44回目の命日が巡って来る。その前の、去る１月16日に、アンドリュー・ワイエスがチャズフォードの自宅のベッドの上で、眠りながら91歳の人生を終わった。時間は全ての人の上に等しく流れている。

（初稿2006年／2009年改稿、『リュープリンとの旅』2009年２月刊に所収）

礫

中川　曠人

礫

小法廷——といっても実はＦ会館の小ホールは、深閑としたうちにも一種の熱気を秘めて、開廷の時を待っていた。

昭和40年の８月×日、午後２時10分前。むしむしと暑い日であった。演壇の片隅に設けられた控え席には、被告人のＡと、Ａの友人でその日の裁判長をつとめるＸ氏、検事役のＹ氏、弁護人のＺ氏、そのほかに証人として亡くなった少女Ｋの両親と兄、そして客席の中ほどに用意された傍聴席には、彼女の高校時代の同級生が男女合わせてざっと14、５人、物音一つ立てず静まりかえっていた。

裁判長、Ｔ大学法学部の助教授Ｘ氏は、大学での模擬法廷よりもっとばかばかしいものに付き合わされるといった苦り切った表情で、やたらとタバコの煙をくゆらせていたが、ちらっと腕の時計に目をやると、「ではそろそろ始めるとしようか」と腰を浮かした。「お願いします」と神妙に答えたのは被告人のＡで、その声を合図に、人々は立ち上がってそれぞれ壇上の所定の席に着いた。

「被告人、着席。」

裁判長のＸ氏は、Ａが被告席に座るのを待って開廷を宣した。

「……ご承知のように、この私的法廷は、われわれの古い友人であるＡ君の切なる要請によって開かれるわけですが、実のところ、８月のこの暑いさなかに、こういうものを開催しなければならないことに、何よりまず、それを計画した被告人の精神鑑定を必要とする、と本官は思うものであります。しかしながら、本日この席に検事役として列席しておられる作家Ｙ氏の、小説家の目での観察によると、Ａ君は多少ノイローゼ気味ではあるが、人間的には〝ノーマルな、あまりにもノーマルな精神状態だ〟ということでありますので、止むなく、被告人Ａ君に対するわれわれ一同の友情の名において、敢えてこの裁きの席を厳粛に設ける次第であります。

　では検事、起訴状を朗読してください。」

「起訴状。本法廷は、被告人Ａが勤務する東京都立ＸＸ高等学校の２年生Ｒ・Ｋが、さる２月19日、北部電鉄○○駅付近の踏切で果敢なる鉄道自殺を遂げた事件について、その真相を究明するとともに、被告人Ａの……」

§

　私の目論んだ裁判は、計画どおりに事が運べばおよそこんな具合になるはずであった。

　被告人は言うまでもなく私で、その私が自分で自分を告発するなどということは多分に厭みなものだと思わないでもなかったが、私にはどうしてもそれが必要だったのだ。私くらいの年になると、世間の人はなかなか本当のことを言ってくれないものだし、またたとえ言ってくれたとしても、それを虚心に聞く耳を持ちがたい。それでいて、私を遠巻きにする世間の囁きが沈黙の垣を作っているような重苦しさを感じ、それは妄想だと否定してみても、やはり気にしないではいられない。

　それに、Ｋの自殺には、単に一教師としての私の責任以外に、もっとみんなで考えるべき側面があるのではないか。それなのに、人々は表だっては咎めないということで、都合よくすべてを私一人に押しつけて問題を回避しようとしている――そういう僻んだ疑いも湧いてきて、私は人々の同情的な沈黙の中で苛立ち傷ついていった。

　そこで、私は、私の置かれている立場をよく理解してくれそうな人たち――それは当然友人や先輩ということになるのだが、そういう人たちに私を告発し、裁判にかけてもらうことによって、この事件に《参加》してほしいと思ったのである。

こういう願いは決してとっぴなものではないだろう。もし仮に私がクリスチャンであって、心から信頼する神父がいたとすれば、私は進んで告白懺悔して静かに裁きを受けるだろう。そして、それは世間的に見ても少しも異常なことではないだろう。とすれば、私が試みたようなことも、その本質においては何もおかしなことではなく、ただそれを実行に移す方法にいささか常識に反するところがあり、その非常識を敢えて実行しようとしたことで、やはり多少異常であったかもしれない。しかし、私は噂されたように気が狂ったわけでもなく、また殊更に奇を衒っているのでもない。極めてノーマルなつもりなのだ。

ところで私のとったその方法というのは次のようなものであった。今年の２月、私の勤務しているＱ高校で一人の少女が自殺した。少女は１通の遺書と、手書きの詩集を私に残していった。私の担任するクラスではなかったが、現代国語という教科を２年間も教えていながら、わたしはそのＫという生徒と一度も個人的に話したことがないばかりか、その顔さえも見覚えていなかった。そのＫから、皮肉にも次のような書き出しの遺書を受け取る羽目になってしまった。

「先生、私は一度先生とお話したく思っていました。私を本当に分かってくれる人は先生ではないかと思われます。自分の一番の理解者と、同じ病気の心を持った人と、話すともなく話してひと時を過ごすことができたら何と快いことでしょう。でも所詮先生は先生。弱さを深く知れば知るほど、それを支える術を既に身に付けていらっしゃるでしょう。何処を捜したって、死を勧めてくれる先生はいないでしょう。

……」

私は自分の心が病んでいるとは思っていなかった。　また、人間は「弱いもの」だとは思うが、自分が所謂「弱い人間」だとは思っていなかった。――いや、思われたくなかったと言うほうが本当かも知れない。

しかし、私の本質は、彼女の末期の眼で鋭く見抜かれていた、と思わないではいられなかった。つとめて常識的にふるまい、ひとかど分別ある教師面を装ってきたつもりだが、あのトニオ・クレーゲルの額の烙印が私の額にも押されてあったのだ。私はＫの理解者ではなく、かえってＫによって理解されていた。――そう感じたとき、はじめてＫへの理解の道が開かれた。それがＫを救うために何の役にもたたない今になって。

私はＫの遺していった詩を何度も何度も繰り返し読み、Ｋが生前に愛していたという天神の杜を徘徊し、またＫが信頼する叔母に宛てた数通の手紙や、学習ノートに落書きされていた断章などを写し取り、諳んずるほどに読み返した。

「知は愛のはじまり」というが、Ｋの死を考えることの中で、Ｋへの愛が深まって行くのを感じた。

しかし、ほとんど《愛撫》と言ってもいいほどの死者の心情への接近の中にあって、なお一つの疑いがあった。それは、その生前の思い出を持たない私には、Ｋの死はただ文学的経験としてしか受けとめられないのではないか、ということであった。また、Ｋと私の間に結ばれたような理解や信頼や愛は、Ｋが生存していないという条件の中でのみ可能だったのであり、このようにＫの死を前提とする愛は、自然にＫの死をも愛するようになる。

こうしてKを死なしめたもの（その中には当然私が含まれる）への怒りが消え去る。私は他者の裁きを受けること無しには、真の意味での倫理的意志を持つことが出来ない。——私が私的裁判という一見異様なものを執拗に求め始めたのはこういう考えからであった。

私は以上のようなことを『供述書』と銘うち、それにKの詩や遺書や手紙などの写しを添えて、次のような要請状を友人先輩の十数氏に送った。「前略。……突然のことであり、またご多忙のところ誠に申し訳ないが、私のために次のどの一役かをお引き受け願えないだろうか。

1　裁判官　2　検事　3　弁護人

上のどの役でも結構。ただ、できれば上の中で、特に○印を付けたものをお願いできればありがたい。児戯に類することと思わないでほしい。私には私の中の世俗にうち克つためのもう一つ別な世俗の形式が必要なのだから。……」

§

これらの手紙を投函した後、久しく忘れていた古めかしい言葉を思い出していた。「賽は振られたり」

しかし、返事はなかなか集まらなかった。そして、友人たちの間に「Aは頭がおかしくなっているらしい」という噂が広まっていることを、私自身はまったく知らずにいた。

そのうち、ひそかに様子を探りに来たX氏によってその噂は否定されたらしく、私の要請への返信はぼつぼつ返り始めたが、その返信も私の期待にまっとうに応えてくれるものは殆どなく、大方はごく常識的な慰めか忠告か、でなければあたらず触らずの理由を構えた断わりの手紙だった。

自分の非常識を晒しものにされたようで、恥と怒りに煮えたぎる思いで、ある日それらの手紙の一束を（その中の数通を除いて）すべて庭で焼き捨てた。こういう結末は当然予測できたはずではなかったか。小さな風が起こって、手紙の束の燃え殻が赤々と澄みとおる熾となって崩れてゆくのを見つめていると、世俗への抵抗の空しさが思い返された。私は私的裁判という愚かしい試みを断念せざるを得なかった。ただ、手紙の中に何通か私に心からの励ましを与えてくれるものがあったのが救いだった。

返信１（大学講師Ｗ氏）

前略、君の『供述書』なるもの、失礼な言い方だがたいへん興味深く読ませてもらった。高校の先生もなかなか大変だね。聞くところによると、都下の某有名校などでは毎年のように自殺者が出るというじゃないか。君の計画した裁判、真面目なのかふざけているのかしらないが、この際君を槍玉にあげて、というよりこの高校生の自殺という問題をとりあげて討論するのも無意味ではなかろう。しかし、残念ながら君の申し出を受けるわけにはいかない。８月の中旬は学会で僕は札幌なんだ。許してくれ給え。で、その代わりと言うわけでもないが、僕の知っているある現実的な男の意見を交えながら、一つの見解を申し述べたい。

君はたぶん『楢山節考』を読んでいると思うが、あの中に、頑健な老婆が、年甲斐もなく白い丈夫な歯をしているのが恥ずかしいと、石で前歯を叩き折る場面のあったのを憶えているか。僕の知人の言によれば、あれが日本的モラルの一つの典型だと言うのだ。賢明な君はこう書けばもう分かってくれよう。自殺したＫさんという少女の、あまりにも健康な精神は、ちょうどこの不必要に丈夫な前歯のようなものだったのだ。

君が提供してくれた資料の中で、Ｋさんが最も信頼していた母方の叔母なる人に宛てた手紙――特に高校に入学して間もなくのもの（註１）と、２年の夏の終わりから秋にかけての２通の手紙（註２）（註３）をかなり注意深く読んだ。

（註１）昭和38年５月16日付

叔母さんお元気ですか。もう燃えるような緑の季節になりました。私は毎日を非常に忙しく送っております。それも私が欲張りで、あっちこっちと手を出すからでしょう。クラブ活動は美術部に入りましたが、とうとう我慢できなくてペンフレンドクラブにも入りました。スウェーデンの学生と文通したいと思っています。

私は中学で大事な青春を損したから、高校一、二年では勉強の方面だけには向けたくないのです。私たちのクラスで私ほど予習をしていない人はいないでしょう。宿題さえもやっていないのですから。自慢にはなりませんね。でも授業中は時間がもったいないからしっかりやっていますが、時々ねむくてたまらなくなります。そんなとき、窓の外の木々の緑を見て、なぜあんなにギラギラひかるのだろうとうらめしくなります。なにしろそんな時は前の晩、いつもの欲張りで六時間位しか寝ていないんです。（傍点筆者）

（註２）昭和39年８月18日付

（手紙の末尾に）もうすぐ学校が始まります

きっと又　勉強　勉強

友達も勉強の事しか言わなくなるでしょう

私は時々　学校を止めたくなります

そして私の本当の勉強をしたくなります（傍点筆者）

（註３）昭和39年10月頃

多恵ちゃん、お変わりありませんか（叔母さんではなく多恵ちゃん

と言う呼称に変わっている）

私は何故、あなたに手紙を書くのかしら

私は大切な時間を何かに使わなくてはいけないと思うのですが、昨日やりたくて　やりたくても出来なかった事も今は冷めてしまって、何にも手がつけられなくなってしまうのです

そうして頭の中には悪魔の巣が出来上り、あらゆる思考も行動も遮られてしまうのです。

そんな時私は、巣を作る綿の一本一本を、誰かにほぐしてもらい、これはあなたの何、これはあなたのこんな部分、と、私の頭を分解してもらいたいのです

その誰かがいないものだから　自分でそうして……

でもそれにも飽きてしまって……

（略）

私は美大に行きたいのです、一年後、その他の状態でいることは考えられません

でもそれは諦めるべきなのです

私にはその力はありませんし、お金もありません、

研究所通いは一週二千円位かかるし、都心まで出かけなければなりません

それでも私は信じています

私は、あまりに現実的でないのです

明日諦めなければならぬとしても、私は最後まで信じています

明日の後のことなど考えません

私は、将来の全てを、そんな目でしか見られないのです、

私の創る生活を、誰も壊すことはできません、あなたでさえも

それでもなお、私と私の世界の間に、無なる現実は存在します

これら手紙でも分かるように、Kさんはだいぶ頭がつかれていたようだ。それは敗けると分かっている絶望的な戦いを現実に向かって挑んでいるからだ。しかしそれでもなお彼女の精神が、生まれてこのかた一度も医者にかかったことのないというその肉体同様、あまりにも健康だったということには変わりない。

僕はKさんのような人はアメリカと戦っているベトナムにでも生まれたら、かえって幸せだったかもしれないと思う。何故なら、ベトナムでは若い人の情熱や愛や勇気や創意、それに丈夫な肉体、つまり真の意味での生の全てが要求されているからだ。けれど今の日本では、それらは獲物をとる必要のなくなった檻の獣の、あまりにも鋭すぎる牙のようなものなのだ。

また、Kさんはベビーブームの年に生まれ合わせ、高校卒業の年には40万人の浪人が出るだろうと言われている苛酷な競争の軋轢に耐えられなかったのだ、という見方もできるだろう。しかし、Kさんは敗け犬になって亡んだのではない。

それに関して、先の現実的な友人は、あの苛酷な受験地獄こそ現代社会が生み出した傑作なんだ、と皮肉な言い方をする。メカニックな現代社会が必要とするのは優れた人間ではなく、優れた能力なのだ。自己のすべてを、甘んじて一つの能力に還元できる、1個の生きたマシンと化して資本主義社会の走狗となる人間を選別するには、あの非人間的な受験競争ほど効果的なものはない、と彼は言う。

Kさんはそういう社会の仕組みを見てしまった。そして、「揺籃から墓場まで」の過当競争を宿命づけられてきたKさんには、そういう社会の仕組みが有無を言わさず人間を圧倒し去る巨大な鉄の歯車のようなも

のに思われたのではないか。Ｋさんが『私は見た』という詩で歌っている《鉄の歯車》を僕はそう見る。

それで、自らの精神を扼殺して生きるか、あるいは妥協を拒んで自らの時間を停止するか、二者択一を迫られていたのだろう。そういう社会の中でも自分を殺さずに生きる道はあったと思うが、彼女はそれを模索することさえ断念してしまった。『遺書』の中で「弱さを深く知れば知るほどそれを支える術を既に身に付けていらっしゃるでしょう」と言っているのは、そういう生き方のあることを知ってはいたのだ。しかし、それを模索しようとしなかった。何故か。多分与えられた状況の中で、真面目に必死に生き抜くことを生まれながらに条件付けられた団塊の世代に育ったからだろう。それとも、君とは違って彼女には才能がありすぎたからかも知れない――これは冗談だが。

「私の創る生活を誰も壊すことはできません」けれども「私と私の世界との間に（私にとっては無にも等しい）現実は（紛れもなく）存在します」Ｋさんの言葉をこう補って見ると、やはり彼女の方向は必然的に死に向かっていた、というほかない。なんとも痛ましいことだ。しかし、彼女にとってそれは決して敗北ではないので、今の日本のような社会の中で、たとえ短い一生であっても、彼女のような生き方を貫き得たのは、むしろ幸せだった、といったら無責任に過ぎようか。むろん、こういう論理で君が納得するはずはないと重々承知しているけれど。

聞けば遺稿詩集の計画も進められているとか。いたずらに自分を痛めつけても仕方あるまい。故人のために、せめて美しい詩集の１冊も出してあげられたら、それが君に出来る最善の供養ではあるまいか。

返信２（筆者の兄Ｓ、歌人）

お前の風変わりな申し出にはびっくりした。心配だ。お前がそんなに執拗に一人の死者のそばを離れないというのはどういうことなのだ。「死者は死者をして葬らしめよ」というではないか。深く悼むのはいいが、お前にはお前が今しなくてはならないことがあるだろう。お前が預かっている自分の生徒たち、お前自身の妻や子供たちにしっかり目を向けなさい。

《責任》という美名をかぶせるにしても、Kさんの死と自分とを結びつけて、常に、思考の中核に自分を据えているのは、お前が人間として未成熟で、自己中心的だからではないのか。

だいたい、一人の人間を亡ぼしたり救ったりする力が、一教師であるお前にあるのだろうか。お前がKさんを文学の世界に開眼させ、それが彼女を自殺に導いたなどと、もしお前が考えているなら、それは思い上がりというものだ。お前は何も教えられなかった、生きる手立ても死ぬ術《すべ》も。お前ばかりではない。我々大人たちの全てがその力を持たなかった。それが罪だと言うならもちろん我々は有罪だが。

「深淵は深淵に呼びかける」という言葉がある。要は、Kさんの魂が目覚めて、渇き求めているときに、それに応えるように《詩界》(註4)があったと言うことだ。

(註4)詩界

一体　お前はなあに?
甘いお母さんの乳かしら
優しい恋人の愛撫かしら
それとも
理解ある友人の頷きかしら

いいや　いいや

もっと素敵に私を酔わせる

私はお前を　詩界　と呼ぼう

…………

季節が来て水さえあれば種は芽生える。芽生えた苗は葉を広げて光を捕え、根をのばして自分に必要なものだけを吸収する。そうやって大木に成長するものもあれば、あっという間に花を咲かせ実を付け、１年で生を終わらせるものもある。みんな自分の中にもって生まれたものを生きるのだ。人間も同じだ。

重ねて言うが、一人の少女を詩界に導き、その魂を惑わせ、ついには死に到らしめる、というような精神的犯罪を構成する力などお前にはなかった。そのお前が勝手に力み返って深刻ぶった苦しみ方をするのは、世間の物笑いになるだけだ。裁判など止めなさい。

お前はもっと謙虚にならなくてはいけない。

それにしても、Ｋさんという人には才能があった。才能を持つと言うことは、持たないものには羨ましくも見えるが、本当は苦しいことなのだ。今そのことを思っている。

返信３（Ｔ女史、詩人）

亡くなったＫさんが、自分の愛唱する詩編を欧米と日本とに分けそれぞれ１冊ずつのノートに書き写し、それを自分の詩と一緒にあなたに遺していったということに、たいへん心をうたれました。

芸術における美の秘密は教わるものではなく、盗むものだといいます。自分の詩心が何を糧に育ったか、その詩の本歌が何かということを明示しておいた用意は、逆に彼女の創造への矜持をはっきりと語っているもので、それが17歳の少女であるだけに大変立派だと思います。

Kさんの遺した『碧いガラスの靴』20数篇の詩、どれもみな深い感動をもって読みました。なかでも、『白い寝台』(註5)という詩にとくに心をうたれました。私が女だからかもしれませんが。

(註5)

空《カラ》の寝台に　ひ弱な光がまといつきます
あの、清潔で暖い感触を、私に下さい
その中で、私は病人のように横たわりましょう
そうしたら、私の身体を深く、深く埋めて下さい
今にも崩れそうな私の頭を、やわらかく揉んで下さい
白いシーツは、同じ痛みで私の心をあやしてくれます
私はそれにあまえて、甘い悲しみを満喫しましょう
白いやわらかい肉、私を溶かして下さい

あの詩の本歌は、すでにお気づきでしょうが、朔太郎の『青猫』の中の『幻の寝台』だと思います。例えば、「ねえ　やさしい恋人よ　私のみじめな運命をさすっておくれ」という1行など……。まったくどれほど深く朔太郎の詩の深淵に溺れていったのでしょう。けれど、それだけにまた、そこから自分のことばを摑んで浮かび出てきたときのKさんの清潔さがいとしくてなりません。

もし、詩にもその父と母があるとすれば、Kさんの詩は、欧米の詩人の詩が父で、日本の詩、とくに朔太郎はその母だったのではないでしょうか。『詩研究ノート　1』外国篇の詩人21人のうち、ドイツの詩人が半数を占めているのは、彼女の詩がゲダンケン・リリークの流れにあることを示すものでしょう。

《世界苦》の詩人と言われているレーナウの『憂愁によせる』とか、

第１次世界大戦の折り、看護兵として応召、東部戦線の激戦に参加して精神をかき乱されて自殺したトラークルの『冬に』という詩、

耕地は白く冷たく光っている
天は淋しくとめどなく広い
カラスの群は地をめぐって舞い
狩人は森をあとにおりてくる
（略）
野獣がそっと森のきわで血を流して息絶え
カラスらは血のおちたみぞをひたひた歩く
さむざむと立つ黄色の葦が震えている
霜、煙、人絶えた林をゆく私の足音

ダウテンダイの『わたしたちは海辺の……』の中の次の一連

わたしたちはついに極く小さいものになり
一つの貝殻の中にはいりました
この中で真珠のように深く眠っていたい
わたしたちは真珠のように絶えず美しくありたい

それに続くと思われる『貝殻』という作品

貝殻のなかには眠っている
むかし　むかし　幸福の
竪琴が鳴っていたという
不思議の島アトランティスの歌が

行きずりに　心なく　貝殻に触れてはいけない
そっと耳にそれをあててみるがよい

お前の青春が失った　甘い　憧憬の嘆きの声が
そのそよぎのなかに聞かれよう

また同じくドイツの、ヘルダーリンの『散歩』という作品

わたしがさまよい歩く
緑いろの山腹に描き出されている
君たち　美しい森よ
わたしの心が暗くなるとき
心を刺すとげの痛みの一つ一つが
この甘美な静かさにやわらげられる
もともと芸術と思想とは
悩みを味わうと決まったものだ
君たち　谷間の　なつかしい絵すがたよ
たとえば　かずかずの庭よ　樹木よ
それから　細道よ
見えかくれするせせらぎよ
ほがらかに澄む遠方から
何とすばらしい眺めが美しくかがやくことか
　　(略)
美しさ——それは　本源の　元のかたちの
泉から　湧き出ている

こういう詩句を目にしていると、Kさんがどういう道をたどって自分の詩界を切り開いていったか、分かるような気がします。

「樹／荘厳な樹／オマエは私を虜にした」ということばで始まる『樹』などには朔太郎の影をほとんど感じません。前句に続く

今日の空はあまりに高すぎる
オマエは無言でそれに挑む
オマエの道は高く長い
目が眩みはしないのか
おじけづきはしないのか
オマエが大地から飲込んで
幹を通して空に打出しているものは何
私の胸に　痛く恐ろしい響きを残して　次々と空の彼方に向うものは何
…………

などという言葉に触れていると、彼女の心が広く高く精神の世界に飛翔しようとしているのを感じます。

それだけに、自死に近づいてからの『白い寝台』には翼の折れた白い鳥のような悲しみを感じ、かわいそうでなりません。彼女はまた母なる朔太郎の世界に戻ったのでしょうか。

それはさておき、あなたのお求めなさっていらっしゃること、よおく考えてみましたが、どうしてもお受けする気持ちになれません。というのは、弁護なら喜んでしてさしあげたいと思いますものの、あなたのどんな罪をどう弁護してさしあげたら良いのか、見当もつかないのですもの。

Ｋさんを救えなかったということに責任を感じて苦しむのは、教育者としての自然の情なのでしょうけれど、Ｋさんにすれば、死後にあなたに理解してもらえると信じることでどんなにか心を慰められたことでしょう。

考えてみれば、そういう信頼を得られたあなたは何としあわせなお方。いいえ、皮肉を言っているのではありません。ここで、ことごとしくリルケを引き合いに出すのはためらわれますが、リルケがある古いシャトーに滞在していたとき、昔そのシャトーで哀しい死にかたをした若い女の亡霊に出会った話を、何かで読んだことがあります。リルケはその亡霊について、「大切にそっとしておかなくてはならない。そうすれば、それは私の詩の護り神になってくれるのだから」と言っております。あなたもＫさんをあなたの詩神になさいませ。そうなさることが、Ｋさんの死に報いる、あなたの大切なこれからのお仕事になるのではありませんか。そのためにも、どうかお体を大事になさってくださいませ。

返信４（Ｆ氏、小学校教師）

最も適切に答えるものが良き返答者であるというから、僕は歯に衣着せず物申すつもりだが、いったい君が求めているのは本当は何なんだ。ただ、一教師としての責任感から苦しんでいるだけなのか。それとも、社会の現状に絡む教育の問題としてＫさんのことを取り上げようと言うのか。あるいはまた、文学の功罪、特に現代詩が現代を生き抜くために何の力も持っていないと抗議しようとしているのか、何なんだ

ともかく、結論から言おう。君が有罪か無罪かといえばもちろん有罪だ。そんなことは分かり切ったことだ。われわれ今日の社会に生きているものはみんな死者に対して負い目を持っている。死者のおかげで生きている。死者がいなければ、生きている者は存在の場がない。みんな死者から与えられたもの、奪ったもので生きているのだ。だから、生きている者は正しく本当の自分を生きなければならない、死者たちのために。これは、時代に係わらず普遍的なものだと思うが、特にわれわれ戦

中世代のものは誰でも強くそのことを感じているのではないだろうか。

僕は小学校の教師で、今まで高校教育にはあまり関心がなかったが、今度のことがあって、改めて高校の国語教科書を調べてみて驚いた。何をどう驚いたか、明確には言葉にし難いが、そこには何かが欠けているのだ。その欠けているものが何か、僕にはまだ摑めないが、それを一番はっきりと感じているのはおそらく高校生自身だろう。

僕の調べた15社の教科書の中で、５社によって収載されている『生まれいずる悩み』は、なるほど文学教材として恰好のものには違いないが、君は有島武郎の思想上の苦悩、そしてその生涯を情死という形で締め括らなければならなかった心の有り様をどのように生徒に伝えたのだろうか。あるいはまったく触れなかったのか、そこが知りたい。

太宰の作品は７社が扱っているが、君が『走れメロス』を教えるとき、生徒らがやがて『人間失格』をも読むだろう、ということを予測しなかったのか。そして、実際にＫさんは死の直前にそれを読んでいる。それが彼女の死につながったなどと言うつもりはないが

また、15社中、実に12社によって採用されている純文学の御神体とでも言うべき芥川龍之介の作品と、これまたあまりにもよく知られている文学的な自害、その関連にどう触れるのか触れないのか。君は『枯野抄』を生徒に読ませながら、連衆の結び目であった芭蕉の死の直前から、門人たちの連帯感がものの見事に解体してゆく姿を描く芥川の目の、凍りつくような凝視を、まともに（しかも中途半端に）とり上げることの危うさを感じなかったのだろうか。

僕はしかし、自殺した作家の作品を採用してはいけないなど言っているのではない。問題はこれらの作家を死に追いつめたものとどう対決するかということなのだ。

『詩学』の７月号の月評にＫさんの詩が取り上げられているのを読んだ。君ももちろんよんでいるだろうが、その一部を引用させてもらいたい。――「生きているからには生きているだけの理由を捜せ、と死者は迫る。……それではＫが、なお生きて詩を書くとしたら、彼女に必要なのはなんだったろうか。多分一つは現実批判の論理であり、もう一つは、生成と展開の論理といったものに違いない。まさしく彼女の作品に欠けていたのはこうした論理だ。彼女はそれを身につける暇もなく立ち去ってしまった。けれども、いまでも生きているわれわれが、はたして十分にその論理を身につけているかどうか。捜していることは確かだが、現実批判は毒にも薬にもならない愚痴に終わり、生成と展開の論理の方は、あいも変わらぬ自然主義的信条の告白でなければ、状況の部厚い壁を前にして、白々しくひたすら頽廃の底に沈んでいるのが大方の現状ではないか。……」　今、これを書き写していて、教科書に欠けているものがようやく摑めてきたようだ。生きているわれわれが、生きるための論理を求めて教科書に向かうとき、それに答える手応えのなんと弱々しいことか。しかし、それを教科書に求めることがそもそも間違っているのかもしれない。教科書が所謂《教科書》であってはいけないのだ。教科書なんかいらないのだ。――とは公教育の場にいるからにはなかなか言えないが。

Ｋさんの遺書のいちばん最後の１行、言わば彼女の人生の総決算とでも言うべき言葉、――「先生、結局私は、主人公ではなかったのですね」これを君は、教室で不用意に口にした「死せよ成れよ、しからずんば汝は暗き地上の孤客に過ぎじ」というゲーテの言葉への回答だった、とひどく心を痛めているようだが、それはその通りだ。

ただし、不用意だったのではない。いや、やはり不用意だったかも知れない。生成の論理はそんな言葉一つで身に付くものであるはずがない。教えようとして教えられるものではないのだ。それは生活の中で身に付けさせるべきものなのだ。そういう場を与えてやるのが教育である、と僕は思う。そんな場が今の高校にあるだろうか。

『詩学』のＳ氏はそういう事情を知ってか知らずか、よく見抜いたものだ。

Ｋさんの詩に『私は見た』というのがあったね。

何も無いと思っていた……
何も無いと思っていた眼の前に
私は見てしまった

空間の中を旅する
鉄の歯車を……
重く
ぎしぎしときしみながら
通り過ぎて行った
鉄の歯車を……

こうしちゃあいられない
こうしちゃあいられない　と　私は思う

《こうしちゃあいられないのは》君たちだったんじゃないかね。

その詩を目にすることが出来たのはＫさんが亡くなった後だから、仕方ないと言えば仕方ないが、《こうしちゃあいられない》という焦燥の先をどう生きるか、どうしたら巨大な鉄の歯車に組み込まれる小さな歯車になることを切り抜けられるか、その道を示してやれれば、Ｋさんは生きられたはずだ。しかし出来なかった。

若者たちは教育の場で安全に守られているのではない。教育ママの狂奔に始まって学閥の狭き門に終わる彼らの成長の過程は、教師の用意するテスト体制の中で無惨に抑圧される。小学校の教師である僕に言わせて貰えば、せっかく幼稚園、小学校で育ちかけた教育が、中学・高校でめちゃめちゃにされてしまう。

とはいっても僕らは同じ仲間だ。しっかりしようではないか。僕らは僕らに投げうたれる礫を恐れてはいけない。死んだものたちに対して、生きているものはすべて負い目を持っている。

君はその罪をしっかりと心に刻むべきだ。そして、それを自分一人で背負う勇気がないために《裁判》が必要だというなら、やむを得ない、僕も一役買ってもいい、と思っている。

§

あれから50年の間に、先輩・友人のW氏、Ｆ氏、兄のＳ、私より若かったＴ女史も、みんなこの世から姿を消した。そして団塊の世代の彼らは定年を越えて大きな時代のうねりの中にいる。

時代はほぼ玲子の予測したような経過をたどって変化し、そこに玲子の知らない阪神・淡路の大震災と、３・11の原発事故が重なる。日本ばかりではなく、世界の気象の荒々しい変化も加わる。

東北の復興は遅れに遅れ、三陸の港町では完全に海の眺めを遮断するほどの大防潮堤を作るか作らないかで揉めている。土建に絡む人たちは作りたいのだろうが、自然を人力で支配するような生き方がいつまで許されるのだろうか。

一方縄文の世界に近いようなスローライフを実践している人たちも少なくない。玲子が生きていたらどういう生き方をしていたか。生きていてほしかったと思う。

（「山の樹」22号、1965年11月初出。2014年改稿、補筆）

付・自筆「詩集」ノート

碧いガラスの靴

自画像　1964

少年

私は少年になりたい
風のようにすがしこく
太陽のように快活で
自然の中を走り回る
そんな少年

髪はブラウン
笑えばその眼は
神秘の色を明るく放つ
かろやかに開いた口からは
高らかな笑い声が
空に　森に　響き渡る
少年の白い体に
躍動する血が満ちている

少年は走る
春の畑を
少年は飛ぶ
夏の空を

ああ　少年は
いつも光の中にいる
私の心の中を走り回り
今日も私を魅惑する

人間ではないもの

私は孤独な物質　石
人間に　なろうなろうともがけばそれだけ
私の身体は固くなり　物質化していった
笑いが消え
行動がなくなり
薄暗い　四角い片隅にうずくまった

悲しもうにも涙が無い
叫びたくとも声が出ない
私は　目開きにして盲目
腐敗した石

夜の青い空

夜の青い空に
頼り切った眼を向ける
何も無い
濡れた空間のその遠く
古びた月の光が
笑っている
何も無くていい
今は私と
あの空があればいい

樹

樹
壮厳な樹
オマエは私を虜にした
その無限に伸びる腕で
私は動けない
一歩オマエに近づくことも
一歩後退することも出来ない

今日の空はあまりにも高すぎる
オマエは無言でそれに挑む
オマエの道は高く長い
目が眩みはしないのか
おじけづきはしないのか
オマエが大地から飲込んで
幹を通して空に打出しているものは何
私の胸に　痛く恐ろしい響きを残して　次々と空の彼方に向
うものは何
オマエの血は黙って流れる
その流れは激しいが
冷たかった

結局私は　オマエより離れるしかないのだ

私は地球の傍観者

私は地球の傍観者

細い銀色の線に乗って街を通り過ぎる

食物を食べる

衣服を着せてもらう

此処にいる……

私は地球の傍観者

山を眺める

水を飲む

私は地球の傍観者？

詩界

一体　　お前はなあに？
甘い母さんの乳かしら
優しい恋人の愛撫かしら
それとも
理解ある友人の頷きかしら

いいや　いいや
もっと素敵に私を酔わせる
私はお前を　　詩界　　と呼ぼう

私が目を開らくと
お前は遠くにいて私を見守っている
私が目を閉じると
すぐそばで仄かな息吹を漂わす
愛の鳥がお前の胸に巣を作ろうと飛んで来ますよ
お前の匂いで、草木は緑の雫を落とします　　　ふ
忘れられた花々が甦ります
その中で、淋しい生き物に揺り椅子が与えられます
空言ではない
確かにお前は在るのです

雪

ちらほらと
ぼたん雪が降って来たらどうしよう
外に出て　そっと触わってみたい
つうっと頬を滑らせようか

ふんわり雪が積もったらどうしよう
私は手に取って　顔を埋める
柔らかい　白い光が肌をつつむ
その時かしらね
私の心の~~解~~けるのは
融

白い道

白い道が続く
形の無い世界を
色の無い世界を
光の無い世界を

一個の生物が歩む
走らず
止らず
歩む
この白い道の上

はるか遠く
道が尽きるかも知れない処
城が見える
生物は其処へ行きたかった

いきはずませ
何里も歩いた
それでも城は同じ処
遠い彼方

生物は誰にともなく話しかける

私ハココデ　諦メヨウカ

モシヤアレハ　蜃気楼デハナカロウカ

生物は歩く

消えないようにと見守りながら

不安と

淋しさと……

走らず

止らず……

歩む

この白い道の上

生物は疲れた

幾度か止まりかけた

そして

止まった

城はいくらか近くなっていた

生物の前き

同じ生物が
笑って手まねきしている
それで生物は　なおも歩いた
生物は倒れた
そして　誰にともなくつぶやいた
　私ハココデ　死ヌカモ知レナイ
同じ生物が　手まねきをする
城はもう近く

生物は見た
眼の前の城を
最後の力をふりしぼって
生物は駆けた

城に入口は無かった
城の中には
あの　同じ生物が
笑っていた

城は消えた
生物も

はかない泡のように

パチンとはねて

消えた

私は見た

何も無いと思っていた……

何も無いと思っていた眼の前に

私は見てしまった

空間の中を旅する

鉄の歯車を……

重く

ぎしぎしときしみながら

通り過ぎて行った

鉄の歯車を……

こうしちゃあいられない

こうしちゃあいられない　と　私は思う

空《から》

私は　　この手で
自分の身体から心棒を抜いた
抜いて放った
高く……
棒は空を駆けて行った

私は
棒の消えた彼方を見守る
悲しくもないのに涙が出て
おかしくもないのに笑う
心棒の欠けた
私……

虫

誰にも邪魔されない私の世界で
私の感覚は進む
行き着く処を知らない
その為に私は悩む
誰か止めてくれればいい
きりきりと痛む私の頭に
のみを打ち込み
真二つに割ってしまったら
さぞいい気持だろう
脳はあんぐり口を開け
ぎょろっとした目で私を見る
かくして感覚は止まるのだ

明度

ああ　眩しい
あたるこの　花やかな風よ
腹這いになって嗅もうか
食い付きたいようなこの土よ
生える緑の優しさよ
一体此処は何処なのだ？
恋の味でいっぱいだ
私は何をしたらいいのだ？
自然に食われてしまえ！

赤い木馬

深い川底に眠っている
堅く　冷たい　氷ガラスにはめられて
赤い木馬は眠っている

深い　深い　水の底
誰も触われる者はない
淋しいか？
痛いだろう？
上を　上を　水が行く
赤い木馬は眠っている

赤い木馬は待っていた
この土地に楽園の来る時を
重い扉の開く時を
永遠の　その時の来るまで
赤い木馬は眠っていよう
堅く　冷たい　氷ガラスにはめられて

不具者の真面目な戯れ

空に深い魔法がかかると
私の精神は小核みに震える
地球のあらゆる魂が
湿った地下から這出して来る
あちらこちらの隙間から
いつの間にか未知の眼が　忍び寄る
忍び寄る
おお　おお
鬱陶しい日の蒸気のような
自然のホルモンの悩ましさよ

樹木に神秘がみずみずと宿り
私の身体はそれを深 浴びたいと欲す
露を浮ばせ　草々の蒼々と輝く中
飛交う螢を飲みたいと
私の咽喉がぜいぜいと鳴く

不思議色の空の下《モト》で
精神と肉体との葛藤は続く

もう好い加減で止さないか

莫迦げた苦悩の競合いは

無意味な悲しみのままごとは

お互の心を傷付け合うだけではないか

さあ　見てごらん

そら　其処だ

お前等の前に

ちゃんと道は在るではないか

え？

それでも泣こうと云うのかい

だから泣こうと云うのかい

馬鹿な　哀れな　不幸な奴等よ

ある情景

黄色い褪せた空気を透かして
萎びた哀れな蚤が一匹
〈彼処〉を見ようと努めている
いやに控目に
媚びるような
藻抜の空の
ああ　悲しくも笑っている！
それでも見たまえ
二つの穴は底が知れない
恐ろしく執拗な無が求める
炎のように狂おしく

蚤は　水溜りに来て覗く
水を透して
やはり〈彼処〉を見ようと努める
ゆらゆらと其の影は　はっきりしない
蚤は悶えて
無感情の黒い涙を一雫
落とす
パッと一面　ものすごくどんよりと

溜息の煙が広がる

蚤は再び　空気に焦れる
再び　霞む影に命を賭ける
見よ
萎びた皮膚が　ひなひなと震えている
喉から血が出る
そうよ
哀れな蚤よ
いつまでも
いつまでも
そうしているがよい

風の内部《ナカ》の男

風が吹いて来たら
そっと手で掻分けて
内部《ナカ》を覗いて見るがいい
淋し色をした　薄い眼の男が腰掛けているだろう
白い皮膚を震わせて　笑っているだろう
男の身体はがらんどう
だから赤い口がない
かつて男は　綺麗な　綺麗な内臓を持っていた
だのに男は　まず胃から
腸から　肺から　心臓《ココロ》まで
消してしまった
すると空気よりも軽くなり
吹いて来た風にひょいと飛び乗った
その時から男は
白い皮膚を震わせて　笑うようになったのです

怪物

私は、身を横たえる度に見なければいけないのです
しらじらしい夜気は冷淡で、　少しもそれを遮ってはくれないのです
それは貪欲な顔をして、避けられぬ、淀んだ目を向けます
酒浸りの息を吐く、黒の混沌です
ごろごろと濁った声で“早く来いよ”と私をからかいます
私は、軽く受け流そうと、努めるのですが
どうにもしようのない程身が重くなり
見る間に表情が崩れてしまうのです
もう　　終わりです
全てが　もう終わりになるのです

題いらず

頭が考えることを止め

目が見ることを止め

口が話すことを止め

そして心臓が動くのを止めた時

私の体細胞はぼろぼろに解《ホド》けて、分子のように自由になる

陽《ヒ》の光にあやされ、酔わされ、ふらふらになり

腐敗し、枯渇し、

ついには生き物であることを止める

今や

暗闇に留するも 真空に漂うも同じこと

存在が有って存在場所の無い

自由の極限を越えた今

もはや、求めるものをも知らない

何とも名の付けようのない

これがかつての、人間の構成物なのです.

泣き

何とはなしに

"泣きなさい　泣きなさい"

と言ってみました

泣くはずはない　と思っていました

それなのに

それなのに泣くのです

いやな気がしました

馬鹿だと思いました

ええ　馬鹿を承知で泣くのです

自分の為に泣くのでなく

何故で泣くのか分りません

今は笑っていいはずなのに

それなのに

それなのに泣くのです

バスの中で

街の中をてくてくと　バスが行く
私はその中で、快い振動に身を任せる
もっと揺れて
私の疲れた魂をさすっておくれ
窓の中から外を眺めると
どこもかしこも愛らしい
路行く人が懐かしい
此処から見ると、何と全てのうっとりしていることよ
ただで通り過ぎてはならない
一つ一つに手を触れて
"あなた"と声して行かなくては
抱擁したい
離れたくない
バスよ、いつまでも止まらずにいておくれよ

春

空中に、名もない微生物がうようよしている

それにつられて外へ出ると

ああ、もう春の細い腕に掴まってしまった

その、のっぺりした手で、やんわりと、執拗に、私の首を締付ける

麻酔を掛けられた私の身体は、

苦しく喘ぎながら、春の土の上を振り回される

白く渇いた土は、私の目の玉に霞みを振り掛ける

視力は衰え、膨張して見える

一足踏めば、土はそれを捕らえて離さない

そして又一つ、憂の塊をくれると云う

私は熱気に浮かされ、土臭い中を歩き回る

この地に全てを投げ捨て、倒れてしまいたい

一体、明るいのか暗いのか

異様極まりない春の正体よ

私の地下で

恋人よ　自分で掘るにはあまりに苦痛
私のためにこさえて下さい
地下深く、私の入る暗い穴
ひいやりと、なめらかな風の居る
ごきげんとりのうじ虫もいる
私は、湿った土に腰を下ろし
盲目の眼で上を見上げます
丸い穴から、のんきな空が覗いています
恋人よ、土を掛けて下さい
私は、泣きも笑いもしないで
おとなしく埋れましょう
もっと…　もっと沢山
見えなくなるまで掛けていいです
それから私は、ほっと軽い吐息を付きます
さて、それから暫く、どうしましょうか
初めての、永遠の、私の休息

白い寝台

空《から》の寝台に、ひ弱な光がまといつきます
あの、清潔で暖い感触を、私に下さい
その中で、私は病人のように横たわりましょう
そうしたら、私の身体を深く、深く埋めて下さい
今にも崩れそうな私の頭を、やわらかく揉んで下さい
白いシーツは、同じ痛みで私の心をあやしてくれます
私はそれにあまえて、甘い悲しみを満喫しましょう
白いやわらかな肉、私を溶かして下さい

断片

私は青いネグリジェが欲しかった
その肌の持つ柔らかい優しい感覚に、思う存分あまえたかった
私は青いネグリジェを着て、しずかに眠りたかった

私は骨なしの赤ん坊
笑い顔を知らない
生れた時からの廃人
青い、ぶよぶよした肌を
のっぺらぼうの月が照らす

私は冬の蠅が可愛くてたまらない

私は光の跳ぶ舗装道路に、ぺったりと腰を落ち着ケて、
阿呆の歌を歌いたかった

あとがき

去年の４月、影書房の松本昌次さんとの幸せな出会いがあり、諦めていた故小池玲子の遺稿詩集を本来のタイトル『碧いガラスの靴』として刊行することができた。ここに収められた詩編は、49年前に故鈴木亨氏の手で編集され『赤い木馬』とタイトルを変えて自費出版されたものである。『赤い木馬』は詩壇の一部から概ね好評をもって迎えられ、例えば金子光晴氏からは「稚さが真実につながっていて、近頃心をうたれた作品。著者が早逝したという条件付でない。（中略）どうぞ百年を生きたよりも実のある十七年とおもって、ことほいであげて下さい。」という葉書を父親の松平さんに寄せている。また鈴木氏は『赤い木馬』の〈跋〉文に「彼女の詩は、単なる抒情詩の枠に納めおおせるものではない。むしろ思想詩と称されるべきものであろう。ぼくらはかつて明治以来、このように若年の、かかる傾向の詩人を所有したであろうか」と述べ、彼女は日本近代詩史上に名の残るべき作家である、と高く評価している。

しかし現実は、高度経済成長期の軽躁な世相と、学生らの反体制運動の嵐の中で『赤い木馬』は一般社会には何のアピールを残す事なく消えてしまった。それは、300部という私家本であることが主な理由であろうが、「赤い木馬」という童謡のようなタイトルのせいでもあったろう。「赤い木馬」は形の整った、詩想にも深みのある優れた詩ではあるが、代表作とは言いがたい。「少年」という生の賛歌に始まって「断片」で終わる構成の中では、一篇の作品に過ぎない。紀行文と詩集の違いはあるが、「奥の細道」という俳句がなくても『奥の細道』であるように、作者にとっては詩集そのものが「碧いガラスの靴」だったのだろう。イメージは人それぞれが心の中でイメージするものだから、「碧いガラスの靴」で作者が何をイメージしたかは作品から想像するしかないが、例えば「私の地下で」で地中深く埋葬した〈私〉が甦って天使になり、青空高く飛び立って行く、そういう救いを私はイメージする。とにかく詩を総括する「碧いガラスの靴」のイメージが作者にとってどれほど重要かということが、鈴木さんには分からなかったのだろう。もちろん私も同様で、遺稿を受け取ったものとしてタイトルを変えることに首をかしげながらも反対はできなかった。その悔恨を私はずっと引きずって来た。

玲子の死から35年がたった頃、所用で秩父に行くことがあり、豊かな自然の中にあの武甲山が無残な姿を曝しているのを見たとき、あの『碧いガラスの靴』を再び世に出す事はできないものか、という思いが浮かんだ。しかし詩集を出すなど簡単なことではなく、時は過ぎ行くままに過ぎ、2009年『文芸思潮』という雑誌に執筆の機会を得て書いたのが「『碧いガラスの靴』と武甲山」である。私の作品の中だけで碧いガラスの靴が復活したのだ。それから更に５年、90を越えること３年にして、もうまったく希望を失っていたときに影書房の松本昌次さんから声がかかった。私の「『碧いガラスの靴』と武甲山」に玲子の詩を併せて本にしたいと言う提案である。願ってもないことだった。玲子の兄の健司さんご一家の賛同とご協力を得て、私の50年来の願いが叶ったのである。玲子の詩に合わせて横書きにした二つの散文は49年前に詩誌『山の樹』に載せた短い文章が核になっている。前者はノンフィクションであるが、「礫」は完全なフィクションでモデルもない。「礫」からは彼らを取り巻く当時の社会環境と共に、玲子が日本の、また西欧の詩人たちから何をどう学び、そしてどう自分の詩界を築いていったか、そのプロセスが分かって戴けると思う。玲子が遺した詩ノートにはドイツの詩人が多く含まれ、中でも〈世界苦〉の詩人と言われるレーナウやトラークルの詩が書き写されているのを読むと、彼女の詩界も世界苦に繋がっているのを感じる。その傾向がたぶん彼女を早い死に導いたのではないだろうか。

これは余談になるが、私の作品が松本さんの目にとまった理由には、お宅の窓から荒廃した武甲山が見えるということがあったのではないかと、勝手に想像している。1994年の資料だが、日本のコンクリート使用量はアメリカの約30倍であったという。面積比にすればどれほどになるか、想像もつかない。武甲山を潰した石灰石で作ったコンクリート建造物は50年後の今はどうなっているだろうか。その多くが老朽化し解体の危機にあるのではないだろうか。コンクリートは石ではなく石の偽物だから、日本の都市が近代化のモデルにした西欧の石の建築のように長持ちしない。そんな建築のために小池玲子の故郷の名峰武甲山は廃墟にされてしまった。そして次の破壊の標的は沖縄の辺野古である。日本の指導者の文化意識はどうしようもなく低俗であると思わずにいられない。これが玲子が生きるのを拒んだ現代の日本の姿である。その50年を私は生き、最後の最後にようやく『碧いガラスの靴』を玲子の霊に捧げることができた。図らずものことではあったが、それが玲子の50年祭に重なり、感慨無量である。装丁は今度も『草の生き方』以来の吉野和美さんに担当して戴いた。吉野さんは私の母の教え子の娘さん。ありがたいご縁である。

2015年２月

中川瞱人

小池 玲子（こいけ れいこ）

1947年10月８日、秩父市生まれ。1963年４月、都立国立高校入学。1965年２月19日自死、享年17。

没後、詩集『赤い木馬』（黄土社、1966年）刊行。

中川 曠人（なかがわ ひろと）

1921年３月９日、東京生まれ。1923年から39年まで北海道で育つ。1946年、国学院大学国文科卒業。1947年から63年、都立鷺宮高校、1963年から81年、都立国立高校の国語教師として勤務。

同人誌歴、「渋谷文学」「第一次ノヴィス」「山の樹」「雲」「第二次ノヴィス」

著書に『相聞――折口信夫のおもかげびと』（花曜社、1985年）、『草の生き方』（私家版、2004年）、『リュープリンとの旅』（私家版、2009年）がある。

詩《し》と追想《ついそう》　碧《あお》いガラスの靴《くつ》と武甲山《ぶこうざん》

2015年４月15日　初版第１刷発行

著　者　小池《こいけ》 玲子《れいこ》　中川《なかがわ》 曠人《ひろと》

発行所　株式会社　影書房

発行者　松本 昌次

〒114-0015　東京都北区中里3-4-5
ヒルサイドハウス101

電　話　03（5907）6755

ＦＡＸ　03（5907）6756

E-mail : kageshobo@ac.auone-net.jp

URL : http : //www.kageshobo.co.jp/

〒振替　00170-4-85078

本文印刷＝ショウジプリントサービス

装本印刷＝アンディー

製本＝根本製本

定価　2,000円＋税

ISBN978-4-87714-457-9